U0519571

挚友、益友和畏友巴金

萧　乾著

四川文艺出版社

图书在版编目（CIP）数据

挚友、益友和畏友巴金 / 萧乾著. — 成都：四川
文艺出版社, 2019.1
ISBN 978-7-5411-4683-1

Ⅰ.①挚… Ⅱ.①萧… Ⅲ.①散文集—中国—当代②
书信集—中国—当代 Ⅳ.①I267

中国版本图书馆CIP数据核字（2018）第240912号

ZHIYOU YIYOU HE WEIYOU BAJIN

挚友、益友和畏友巴金

萧 乾 著

策　　划　周立民　陈　武
责任编辑　孙学良　梁康伟
责任校对　汪　平
装帧设计　孙豫苏
责任印制　唐　茵

出版发行　四川文艺出版社（成都市槐树街2号）
网　　址　www.scwys.com
电　　话　028-86259285（发行部）　028-86259303（编辑部）
传　　真　028-86259306

邮购地址　成都市槐树街2号四川文艺出版社邮购部　610031
印　　刷　天津兴湘印务有限公司
成品尺寸　130mm×205mm　1/32
印　　张　6.75　　　　　　　　字　　数　110千
版　　次　2019年1月第一版　　印　　次　2019年1月第一次印刷
书　　号　ISBN 978-7-5411-4683-1
定　　价　28.00元

目 录

下编：致巴金书信

上编：挚友、益友和畏友巴金

挚友、益友和畏友巴金

一

　　《文汇月刊》约我写一篇关于巴金的文章。我一向怕写定题定时的文章，唯独这一回，我一点也没迟疑，而且拿起笔来就感到好像有个信息应传达给当代以及后世的读者，告诉他们我认识了半个世纪的巴金是怎样一个人。我立刻把手头的一切工作（包括正在编着的《杨刚文集》）全都放下，腾清书桌，摊开了稿纸。

　　从哪里开始呢？首先想谈的，还不是我们之间漫长的友谊，而是近两年来由于偶然机会才得知的他的一桩感人事迹。

　　1947年，巴金的一位老友在上海一家大学任教。当学生开展反饥饿运动时，学校当局竟然纵容国民党军警开进校园，野蛮地把几十名学生从宿舍里抓走。在校务会议上，他这位老友就愤然拍案怒斥，因而遭到解聘。他只好去台湾教书了。1949 年，眼看要解放，他又奔回大陆。不幸，这位向往革命已久的朋友，却在人民政权建立的前夕与世长辞了，遗下幼小的子女各一人——他们的母亲早于 1938 年就去世了。前年我见到了这两个已进入中年的"孩子"，他们今天正在不同的岗位上为革命工作着。听说这一对孤苦伶仃的孩子当年曾受到过巴金一家的照顾。

我想，文章最好从这里开头，就写信给同我较熟的那个"女孩"（如今已是两个孩子的妈妈了），讲了我的意图，希望从她那里了解一些此事的细节。万没料到，我碰了个硬钉子。她回信说：

> 萧叔叔：对于您的要求，我实在难以从命。我爱李伯伯，就像爱自己的父亲一样。他的话我是要听的。他不喜欢我们谈他写他，也不喜欢我们对报纸杂志谈及我们和他的关系。在这方面，他是很严格的。我一定要尊重他的意见，不写他，也不乱说他……

接着，还说到巴金对自己的侄子以及其他家属，也同样这样约束。

看完这封短信，我身子凉了半截。因为以此类推，还有几件事估计也属于"禁区"。唉，写一个不许人谈他的事迹的好人，可太困难了。继而又想，我碰的这个硬钉子本身不正可以用来说明巴金的为人吗？

1978年《新文学史料》创刊时，编者记起我在咸宁干校沼泽地的稻田里，讲过巴金发现《雷雨》的事，就要我把它写出来。我当时说"发现"，这个动词我是经过掂量的，没有夸张。这件事我多少是个历史见证人。因为1933至1935年间，每次我从海淀进城，总在三座门歇脚，《文学季刊》和《水星》编辑部就在那儿。我也认为重温一下新文学史上这段掌故很有现实意义。然而我晓得巴金不愿人提及这件事（下到干校，以为此生与文艺不会再有关系了，我才放松的），他自己更从不提它。要写，需要打通他这一关。于是就写信给巴金，反复强调我的出发点不是褒谁贬谁，只不过希望新的一代编辑们能更及时并认真地看一切来稿。这样，他终于才勉强回信说：

关于《雷雨》，你要提我的名字也可以，但不要美化，写出事实就行了。事实是：一次我同靳以谈起怎样把《文学季刊》办得好一些，怎样组织新的稿件。他说，家宝写了个剧本，放了两三年了。家宝是他的好朋友，他不好意思推荐他的稿子。我要他把稿件拿来看了。我一口气在三座门大街十四号的南屋读完了《雷雨》，决定发表它。

这里，看巴金对自己所做的多么轻描淡写啊！然而如果不是巴金做出立即发表的决定，曹禺在戏剧创作的道路上，可能要晚起步一段时日。

不居功，不矜功，厚人薄己，这在旧社会是少见的品德，在今天，也依然是不可多得的。

二

1977年初，天色开始转晴，我就同洁若商量托人代表我们去看望巴金一趟。我们托的是上海青年音乐家谢天吉，他那时正在歌剧院工作。由于都是惊弓之鸟，怕我这个摘帽右派会给巴金带来新的灾难，信还是由洁若出面来写。天吉带回巴金写给洁若的信说：

这些年来我常常想念你们。你说萧乾已六十八岁了。我还记得一九三三年底他几次到燕京大学蔚秀园来看我的情景。那时他才二十四岁……想不到你们也吃了不少苦头。我还好，十年只是一瞬间。为自己，毫无所谓。不过想到一些朋友的遭遇，心里有点不好受。

这段话使我想起 1938 年当他在上海孤岛（在敌人的鼻子下）坚持文化生活出版社的工作时，一个十六岁的孩子从远地写信给他，关心他的安全。巴金在《一点感想》一文中说：

> 我固然感激他的关怀，但是我更惭愧我没有力量去安慰他那渴望着温暖的年轻的心。我没有权利叫人为我的安全担心。……我绝不是一个失败主义者，我也不是悲观派，真正相信着最后胜利的极少数人中间，我应该算一个。

这两段话相距约四十年，然而精神却是一致的：悲天悯人，关心同类，同情弱者和不幸者；为自己，毫无所谓；对世界，只有责任感，没有权利感；在敌人面前不低头，苦难面前不自怨自艾；对前途，充满了乐观和信心。我认为这是了解巴金的人格、作品和人生哲学的一把钥匙。

30 年代初期，北方知识界（尤其文艺青年）曾十分苦闷过。那时，侵略者的铁蹄已经踏到了冀东，而掌权者仍不许谈抗战。一些后来当了汉奸的士大夫却在书斋里振笔大谈明清小品，提倡清静无为。1933 年鲁迅先生到了北平，那就像窒息的暗室里射进一线曙光。1933 年，从上海又来了巴金和郑振铎两位，死气沉沉的北平文艺界顿时活跃起来。他们通过办刊物（《文学季刊》和《水星》），同青年们广泛交起朋友。很幸运，我就是在那时开始写作的。

在见到巴金之前，我已经在《文学》《现代》上读到过他不少的作品了。我觉得他是用心灵蘸着血和泪直接同读者对话的一个作家，不是用华丽的辞藻而是用真挚的感情来直扑人心的。那时，我自己的头脑可是个大杂烩。有早期接受的一点点进步思想，有从大学课堂里趸来的大量糊涂观念，首先是唯美主义思想。我就是带着那些到蔚秀园去找他的。

记得谈起我对华林的新英雄主义的倾倒时，曾引起他的共鸣。他总是耐心地听，透过那深度近视眼镜注视着对方，然后寥寥几句坦率地说出他的意见。后来我在《我与文学》一文中说："一位由刻苦走上创作道路的先辈，近来曾作文否认灵感与天才的存在。这不仅是破除了一种寒人心的、帮人偷懒的迷信，且增加了正在踌躇者的勇气。"[①] 这位先辈就是在年龄上其实仅大我五岁的巴金。他对我更重要的叮嘱是"一个对人性、对现实社会没有较深刻理解的人，极难写出忠于时代的作品"。[②] 从

---

① 《我与文学》，《萧乾文集》第7卷，浙江文艺出版社1998年版。
② 同上。

他那里，我还懂得了"伟大的作品在实质上多是自传性的。想象的工作只在于修剪、弥补、调布和转换已有的材料，以解释人生的某一方面"。①

但是他反复对我说的一句是："写吧，只有写，你才会写。"记得我的小说《邮票》发表后，巴金读罢曾告诉我，作品中那个无知的孩子说的"我不小。瞧，我也流泪了"那句话，使他受了感动。他就是这样给一个初学写作者以鼓励的。

巴金和郑振铎的北来打破了那时存在过的京、海二派的畛域。一时，北平青年的文章在上海的报刊上出现了，而上海的作家也支援起北方的同行。1935年，我正是在这样的情况下接编天津《大公报·文艺》的。不，我最初编的是《小公园》，一个本由"马二先生"主持的货真价实的"报屁股"。然而上海的作家们不计刊物的大小，一时张天翼、艾芜、丽尼等几位的作品就经常在《国闻周报》《大公报·文艺》甚至那个《小公园》上出现了。这个渠道主要是巴金和靳以帮我打通的。我也因而可以预先编出二三十期刊物，然后去踏访鲁西和苏北的灾区了。

---

① 《我与文学》，《萧乾文集》第7卷，浙江文艺出版社1998年版。

三

同巴金过从最密切，还要算 1936 和 1937 那两年，我们几乎天天在一道。当时我在《大公报》编《文艺》，同杨朔一道住在环龙路（今南昌路），隔几个门就是黄源。巴金那时也住在霞飞路（今淮海中路）的一个弄堂里，正在写着他的三部曲。他主要在夜晚写，所以总睡得很迟。有时我推门进去，他还没有起床。那是很热闹的两年：孟十还编着《作家》，靳以先后编着《文季》和《文丛》，黎烈文编的是《中流》，《译文》由黄源在编。我们时常在大东茶室聚会，因为那里既可以畅谈，又能解决吃喝。有时芦焚、索非、马宗融和罗淑也来参加。我们谈论各人刊物的问题，还交换着稿件。鲁迅先生直接（如对《译文》）或间接地给这些刊物以支持。当时在处理许多问题上，我们几个人都是不谋而合的，例如我们的刊物都敞开大门，但又绝不让南京的王平陵之流伸进腿来。那时上海小报上，真是文坛花絮满天飞，但我们从不在自己的刊物上搞不利于团结的小动作，包括不对某些谰言加以反击。对于两个口号，我们都认为是进步方面内部的分歧，没参加过论战。当时我在编着天津和上海两地《大公报》的《文艺》版和《国闻周报》的文艺栏，我不记得曾发过一篇这方面论争的文章，虽然我们都在"民族革命战争的大众文学"下面签的名。记得有一次我出差在外，回来看到郑振铎提倡"手头字"运动的宣言也签上了我的名字。料必是我不在时，朋友们认为不能把我漏掉，就替我签上的，我也因而深深感激。

那时在饭桌上，朋友们有时戏称巴金为我的"家长"。家长不家长，那两年我没大迷失方向，不能不感激他那潜移默化的指引。

巴金平素态度安详，很少激动。但是遇到重大问题，他也会头上青筋凸起，满脸通红，疾言厉色地拍案大叫。这就发生在鲁迅先生逝世的次晨，当时《大公报》在第三版上以"短评"方式向鲁迅先生遗体戳了一刀。[①]巴金气得几乎跳了起来，声音大得把房东太太都吓坏了，也就是那天，当他一听说我已经找报馆老板抗议并且提出辞职的时候，他立刻给了我有力而具体的支持，要我为文化生活出版社翻译屠格涅夫。

"八一三"全面抗战的局面打开后，我很快失了业，决定经海路转赴内地。临行，我去看了他。当时由于国民党军队的败溃，上海早为战火包围，租界上空飞着炸弹，大世界、先施公司一带也挨炸了。人们纷纷离去或

---

① 详见《鱼饵·论坛·阵地》，《萧乾文集》第 4 卷，浙江文艺出版社 1998 年版。

准备撤离。巴金像个哨兵似的镇定自若，说你们走吧，到内地一定有许多事可做。我得守在这里，守着出版社，尽我的职责。

1939年我出国前，我们又在香港相聚了一阵子。那时，我正陷入一场感情的漩涡中。他和杨刚都曾责备过我，我还狡辩。1978年后，我曾两次在文章中表示过自己的忏悔。1980年在病榻上写《终身大事》，也是希望年轻的朋友不要在这样问题上走入歧途。

太平洋事变前，我们还有书信往来。我也从杨刚按期寄给我的《大公报·文艺》上，知道巴金对她的工作给予的支持。后来邮路不通了，我就像一只断了线的风筝，飘在朝不保夕的英伦三岛。我患了几年神经衰弱，有半年几乎连记忆力都丧失了。我深切地尝到游子之苦。也许正由于这样，1979年当我在国外遇到入了美籍的故人时，我能理解他们灵魂深处的痛楚，因为我也几乎成了他们当中的一个。

1946年回到上海后，巴金住在市内偏西区的霞飞路，我住在北郊的复旦。他和陈蕴珍（即萧珊）曾抱了他们的国烦（就是今天的小林）来过江湾，我有时也去看他，但那两年我们见面不多。那也是我平生最迷茫的一段日子。同祖国脱节了七年之久，又是在那样重要的七年，真是十分可怕的事。我对一切变为陌生了，而自己又不虚心向人讨教，就提笔乱写。我在给《观察》写的《拟

J·玛萨里克遗书》里，曾描述过自己当时的心境。有一天我将重新回忆那段混沌的日子。

家庭发生悲剧后，我就更像匹尾巴绑了火把的野兽，横冲直撞起来。幸而那时杨刚从美国赶了回来。我终于还是冷静了下来，摆脱了羁绊，投奔了香港进步文化界。在我痛苦时，巴金给过我慰藉；在我迷茫时，他曾鼓励我重新找到航道。

这些年来，我时常闭上眼睛像逛画廊似的回忆一生所接触过的熟人，真是感触万千。巴金使我懂得了什么是友谊。它不应是个实用主义的东西，而应是人与人之间最大的善意，即是说，它时时刻刻鼓励着你向上，总怕你跌跟头；当你跌了跟头时，它不是称快，更不会乘机踹上一脚，而是感到痛，深深的痛。这种痛里，闪着金子般的光辉，把人间（即便是没有窗子的斗室）也照得通亮。

四

中华人民共和国成立后，不少朋友由于地位悬殊了，就由生疏而陌生了。这是很自然的，甚至也许是应该的。我自己一向也还知趣。唯独同巴金，我们的往来没间断过。50年代他每次来京——往往是为了开会或出国，总想方设法把他的老朋友们都找到一起，去马神庙或西单背后什么四川人开的小馆子，像 30 年代在大东茶室那样畅聚一下。巴金一向是眼睛朝下望的，好像他越是受到党的重视，就越感到有责任协助党团结其他知识分子。他出国时外汇零用是很紧的，还为我带回《好兵帅克》的各种版本（可惜全都毁于 1966 年 8 月的那场大火）。他慷慨地从他的藏书中为我译的书提供插图，有的还是沙俄时代的珍本。书的部头既大且笨，千里迢迢从上海带来。他总依然像 30 年代那么亲切，热情。记得我们两人在北海举行过一次划船比赛。我们各租了一条小船，从漪澜堂出发，看谁先划到五龙亭。我满以为自己年轻几岁，可以把他这个四川佬远远落在后面。但他一点也不示弱。结果我们划了个平手，两人浑身汗湿的程度也不相上下。

使我永难忘怀的是 1957 年 7 月中旬的一天。当时，《人民日报》前不久已经在第一版上点了我的名，旧时的朋友有的见了面赶忙偏过头去，如果会场上碰巧坐在一起，就立刻像躲麻风或鼠疫患者那样远远避开。这原是极自然，也许还是极应该的。如果掉个位置，我自己很可能也会那样。

7 月的那天早晨，我突然接到一份通知，要我下午去中南海紫光阁参加一个会。我感到惶恐，没有勇气去赴会，就向作协刘白羽书记请假。他说，这是周总理召集文艺界的会，你怎么能不去。那天我是垂了头，哆哆嗦嗦进的紫光阁，思想上准备坐在一个防疫圈当中。

谁知还没跨进大厅，巴金老远就跑过来了。他坚持要同我坐在一起。我举目一望，大厅里是两种人：一种是正在主持斗争的"左"派，个个挺胸直背，兴致勃勃；另一种是同我一样正在文联大楼受批判的，像雪峰和丁玲。后一种是很自然地都垂了头坐在后排。因此，我的前后左右大都是出了问题的。巴金却坐在我旁边。我内心可紧张了，几次悄悄对他说："你不应该坐在这里，这不是你坐的地方。"巴金好像根本没听见我说的话，更没理会周围的情景。他只是一个劲儿地小声对我说："你不要这么抬不起头来。有错误就检查，就改嘛。要虚心，要冷静，你是穷苦出身的，不要失去信心……"

正说着，大厅里一阵掌声，周总理进来了。他目光炯炯地环视着座位上的大家。过了一会儿，他忽然大声问："巴金呢？"这时，大家的视线都朝这边射来。我赶紧推他："总理叫你呢，快坐到前排去吧。"这样，他才缓缓地站起来，一面向总理点首致意，一面弯下身来再一次小声对我说："要虚心，要冷静……"然后，他就坐到前面去了。

那一别，就是二十载。接着，我就变成了"黑人"。不料九年后，他自己也坠入了深渊。

总理逝世时，我也曾记起紫光阁的那个下午，记得总理现身说法。在那次使我永难忘怀的讲话中，曾先后两次问到吴祖光和我来了没有，并且继续称我们为"同志"，然后热情地嘱咐我们要"认真检查，积极参加战斗"。他并没把我们列为敌人。后来洁若听录音时，这些地方自然早已洗掉了。

在柏各庄农场劳动时，每当我感到沮丧绝望，就不禁回忆1957年夏天那个下午的情景。顿时，一股暖流就涓涓淌入心窝。

1961年我调到出版社工作时，巴金还来信要我好好接受教训，恢复工作后，也绝不可以放松改造。1964年摘"帽"后，他又来信重复这一叮嘱。那时我已从创作调到翻译岗位上了。他在信中还说等着看我的译品问世呢。我懂得，在任何境遇中，他都要我保持信心——首先是对自己的信心。

在收到他这些信时，我很担心万一检查出来对他将会多么不利。吸取了历史的教训，他这些冒了风险写来的信，都被我在1966年以前就含着泪水销毁了。我感到他虽不是党员，却能用行动体现党的精神和政策。难怪张春桥一伙要把他当作"死敌"来整。

1968年夏天，上海作协两次派人来出版社向冯雪峰和我外调巴金。那位"响当当"看完我的交代，态度可凶了，斜叼着烟卷，拍着桌子，瞪圆了眼睛，说我美化了"死敌"。第二次另外一个家伙一脸阴险的表情，威胁我要"后果自负"。夏天当我翻译易卜生的《培尔·金特》时，译到妖宫那一幕，我不禁联想到"四人帮"那段统治。他们也是要用刀在人们的眼睛上划一下，这样好把一切是非都颠倒过来。

在咸宁干校，每当露天放映影片《英雄儿女》时，我心里就暗自抗议：这是什么世道啊！这么热情地歌颂无产阶级英雄、写出这么撼人心魄的作品的人，凭什么会遭到那么残酷的（包括电视批斗）折磨呢！

这几年，讲起来我们的日子都好了，又都已年过古稀，本应该多通通信，多见见面。他常来北京，但我们仿佛只见过三四次面。第一次去看他时，洁若和我还把三个子女都带上，好让他知道，尽管经过那么猛烈，那么旷日持久的一场风暴，我们一家老少都还安然无恙。这一天，当他从宾馆走出来迎接我们时，我看到他老态龙钟，步履蹒跚，再也不是当年在北海比赛划船的巴金了。那次我注意到他讲话气力很差。近两年每次他来京，我们总是只通个电话。我愿意他多活些年，不忍再增添他的负担。至于托我写信介绍去看他的，我都一概婉言谢绝。今秋他去巴黎前，曾在上海对王辛笛说，要来医院看望我。听到这话，我立即给他往京沪两地都去了信，坚决阻拦。我不愿他为我多跑一步路。至于通信，他向来事必躬亲，不肯让身边人代笔。以前他写信走笔如飞，如今字体越来越小，而且可以看出手在哆嗦。所以我无事不写信，有事也尽量写给他弟弟李济生，这样他就不会感到非亲自动笔不可了。就这样，从 1977 年到现在，他还给我和洁若写了不下四十封。

这些信，好几封是关心我的住房落实问题的，有几封是看了我发表的文章提出批评的。还有两封是责备我在《开卷》上写的一篇文章，认为过去的事不应再去计较。我虽然由于确实有个客观上的原因才写了那篇东西，从而感到委屈，但我并没像过去那样同他死死纠缠。我还是把那篇东西从正在编着的一个集子里抽掉了，并自认没有他那样不与人争一日之短长的胸襟和气度。

1979 年初，我的错划"右派"问题得到改正后，朋友中间他是最早来信向我祝贺的。他的第一封信说："你和黄源的错划问题得到改正，是我很高兴的事。正义终于伸张了。"在另一封信里，他又说，"你、黄源和黄裳几位的错案得到纠正，是我高兴的事情。连我也想不到会有今天。这才是伸张正义。"

然而他不仅仅祝贺，更重要还是督促，要我"对有限的珍贵的时光，要好好地、合理地使用。不要再浪费。做你最擅长的事情，做你最想做的事情"。他告诫我："来日无多，要善于利用，不要为小事浪费时光。我们已浪费得太多，太多了。"关于《大公报·文艺》那篇东西，由于涉及到他，我是在发表之前先请他通读的，他还纠正了我在《大公报》文艺奖金名单上闹的错误。其余的几篇他都是在报刊上看了后才写信给我的。他大概看出我久不拿笔，乍写起来有些拘谨。我也确实总感到有位"梁效先生"又着腰瞪着眼就站在我背后。读了我最早给《新文学史料》写的那两篇回忆录，他立即写信告诉我"写得不精彩"，"你的文章应当写得更好一点"，要我"拿出才华和文采来"。然而像往常一样，他在信中总是以鼓励为主，要我"写吧，把你自己心灵中美的东西贡献出来"。

巴金在恢复了艺术生命之后，就公开宣布了他对余生做出的安排，提出了他的写作计划。他是毅力极强、善于集中精力工作的人，我相信他能完成。他不但自己做计划，他在信中也不断帮我计划，说：

> 我们大家都老了。虽然前面的日子不太多，但还是应当向前看。我希望你：（一）保重身体。（二）译两部世界名著。（三）写一部作品、小说或回忆录。我们都得走到火化场，不要紧。

1979年夏，在我赴美之前，他又来信说：

> 你出去一趟很好。要记住，不要多表现自己，谦虚点有好处，对你，我的要求是：八十岁以前得写出三四本书，小说或散文都行。应该发挥你的特长。你已经浪费了二三十年时间

了。我也一样，我只好抓紧最后的五年。这是
真正为人民服务，为后世留下一点东西。名利、
地位等等，应当看穿了吧。

每逢我一疏懒，我就想到这位老友对我的督促和殷
切的期望。友情，像巴金这样真挚的友情，有如宇航的
火箭，几十年来它推动着我，也推动着一切接近他的人
们，在历史的长河中前进。

五

看到巴金的文集长达十四卷，有人称他为"多产"。
可是倘若他没从 1935 年的夏天就办起文化生活出版社
（以及 50 年代初期的平明出版社），倘若他没把一生精力
最充沛的二十年献给进步的文学出版事业，他的文集也
许应该是四十卷。

尽管我最初的三本书（包括《篱下集》）是商务印书
馆出的，在文艺上，我自认是文化生活出版社（下简称
"文生"）拉扯起来的。在我刚刚迈步学走的时候，它对
我不仅是一个出版社，而是个精神上的"家"，是创作道
路上的引路人。谈巴金而不谈他惨淡经营的文学出版事
业，那是极不完整的。如果编巴金的《言行录》，那么那
十四卷以及他以后写的作品，是他的"言"，他主持的文

学出版工作则是他主要的"行"。因为巴金是这样一位作家：他不仅自己写，自己译，也要促使别人写和译；而且为了给旁人创造写译的机会和便利，他可以少写，甚至不写。他不是拿着个装了5号电池小手电只顾为自己照路的人，他是双手高举着一盏大马灯，为周围所有的人们照路的人。

1957年7月，我在《文汇报》上发表过一篇谈出版工作的文章，有些话说得偏颇，惹了祸。在那篇文章里，我曾就经营管理方面称许过旧日的商务印书馆两句，因而犯了"今不如昔"的大忌。然而"商务"同我的关系，仅仅是商务而已。书稿和酬金（我生平第一次拿到那么多钱！）都是郑振铎经手的。我不认识"商务"一个人，它也丝毫不管我正在写什么，应写什么，以及我该朝着什么方向发展。对我来说，它只是个大店铺而已，公平交易，童叟无欺。我卖稿，它买稿。一手交货，一手交钱。

1936年刚到上海，巴金读了我的《矮檐》之后，就启发我走出童年回忆那个狭窄的主题，写点更有时代感的东西。我不是东北人，对抗日题材没有切身体验；对农村以及上海那样的大城市生活，我也是个阿木林。记得当我给开明书店《十年》写了《鹏程》之后，巴金曾鼓励我抓住揭露帝国主义文化侵略这个我既熟悉又多少有点战斗性的题材，写个长篇。

从那以后，无论在上海还是在内地，在国内还是国外，我写了什么都先交给巴金。有的东西，如我还在国外时出版的《见闻》和《南德的暮秋》，还是他从报纸上剪下来编成的。如果不是巴金不辞辛苦，我在国外写的东西早已大都散失了。

为什么我的《落日》是"良友"出的，《珍珠米》和《英国版画选》是"晨光"出的呢？我提起这个，是为了说明巴金不是在开书店，而是在办出版事业。那时书商之间的竞争可凶了，然而巴金却反其生意经而行之。当巴金看到赵家璧从"良友"被排挤出来，为了生存只好另起炉灶时，他马上伸出慷慨仗义之手。作为支援，把自己掌握的书稿转让给还没站住脚的"晨光"。这种做法即使对今天有些本位主义思想的出版家，也是不可思议的。

在他为总共出了十集、一百六十种作品的《文学丛刊》所写的广告里，巴金声明他主编的这套书，"作者既非金字招牌的名家，编者也不是文坛上的闻人"。这话实际上是对当时上海滩上书商恶劣作风的一种讽刺和挑战。事实上，丛书从第一集起就得到了鲁迅（《故事新编》）和茅盾（《路》）两位的通力支持。丛刊的第一特点是以新人为主，以老带新。每一集都是把鲁迅、茅盾诸前辈同像我那样刚刚学步的青年的作品编在一起。不少人的处女作都是在这套丛刊里问世的。我自己就曾经手转给巴金几种。另一个特点是每集品种的多样性：长短篇、诗歌、散文、戏剧、评论以至书简、报告。这两个特点都是从一个非商业性观点出发的，就是只求繁荣创作，不考虑赔赚。这是与当时的书商做法背道而驰的。也正是在这样思想的指导下，"文生"出过朱洗的科普读物多种，翻译方面出过弱小民族的作品集。此外，"文生"还出了丁西林、李健吾、曹禺、袁俊等人的专集。

像"五四"以来许多先辈一样，巴金本人也是既创作又从事外国文学介绍的；在他主持下的"文生"，也是二者并重的。它出版了果戈理、冈察洛夫、托尔斯泰、屠格涅夫和契诃夫等俄罗斯以及其他国家一批文学名著的中译本。以"文生"那样小规模的出版社，这么有系统有重点地介绍外国文学，是很不容易的。

同当年的商务、中华以及今天的国家出版社相比，"文生"的规模可以说是小得可怜。如今的总编辑下面大多有分门把守的副总编，副总编也不一定看一切书稿，更未必会下印刷厂。巴金做"文生"总编辑时，从组稿、审稿到校对都要干。像《人生采访》那样五六百页或更大部头的书，都是他逐字校过的。翻译书，他还得对照原文仔细校订，像许大虹译的《大卫·科波菲尔》和孟十还译的果戈理、普希金作品的译稿，他都改得密密麻麻。有时他还设计封面，下印刷厂是经常的事。更要提一笔的是，这位包揽全过程的总编辑是不拿分文薪水的。

巴金一生都是靠笔耕为生的。

仅仅是辛苦倒也罢了，二十年来大部分时光他都是在帝国主义鼻子底下或国民党检察官以至警察宪兵的刀把子下面从事这项工作的。"文生"的编辑、作家陆蠡不就是为出版社的事被日本宪兵队杀害的吗！巴金自己的《萌芽》也曾被一禁再禁，最后还是印上了"旧金山出版"后，才委托生活书店偷偷代售的。

这不是一篇巴金论。这里我非但完全没涉及他的作品，对他的为人也只写了一鳞半爪，有些事我只能略而不谈。

我本来为这篇东西另外写了一段结束语，临了又把它拿掉。因为考虑到巴金在世一天，他是不会允许朋友们写颂扬他的话的，不管那是多么符合事实。他一向是那么平凡朴素。他的人格和作品的光芒也正是从平凡朴素中放出的。

写到这里，我刚好收到巴金寄来的《创作回忆录》，重读了他于1980年4月在日本东京发表的讲话《文学生活五十年》。作为讲话的结束语，他引用了他在四次文代会讲的一段话：

> 我仍然感觉到做一个中国作家是很光荣的事情。我快要走到生命的尽头，写作的时间是极其有限了，但是我心灵中仍然燃烧着希望之

火，对我们社会主义祖国和我们无比善良的人民，我仍然怀着十分热烈的爱。我要同大家一起，尽自己的职责，永远前进。作为作家，就应当对人民、对历史负责。我现在更明白：一个正直的、有良心的作家，绝不是一个鼠目寸光、胆小怕事的人。

从巴金身上可学习的东西是很多的，我觉得首先应学习对祖国和人民的那份炽热的爱，他对历史、对人民的负责精神。一个为了表现自我，或者为了谋求什么私己利益而写作的人，是达不到这样的境界，也不会有这种精神的。

1981 年 12 月

要说真话

——为"巴金文学创作生涯六十年展览"而作

巴金同志的贡献是多方面的，他的小说在 20 世纪千千万万青年心中燃起了反封建的烈火。他主持的出版社扶持鼓励了许多文艺青年，我就是当中的一个。近十年来，我认为他最大的贡献是不遗余力地倡导说真话。

从政治上说，我认为说真话就是对社会主义的向心运动，而说假话以及惯说套话其实是离心的。

为什么 80 年代我们特别说真话？因为在相当长的一段时间里，很多人由于说真话而遭到太悲惨的下场：有的丧了命，如遇罗克和张志新，有的是妻离子散。在同一时间里，说假话的可以一步登天。

正因为时间太长，过去"赏""罚"太分明，以致说真话并不是一推就动，光号召不够，还需要行动。

巴金也未必把他的真话道尽，然而他道的比谁都多。

这确实表现了超出一般人的勇气。他的真话分两个方面：一方面针对他自己，另一方面针对客观事物。那么长时期里那么多人昧着良心批这批那，有的因而自己过了关，有的甚至提升了，而有几位在容许说真话之后，肯认一句错！至于在比较重大的一些方面，说真话就更不易了，因为很明显，那会带来更大风险。

就我个人来说，由于图个安静的晚年，我现在敢奉行的只是尽量说真话，坚决不说假话。

所谓"尽量"，就是比"梁效先生"本事再大也无法上纲为度。经过多年的学习检讨以及对身边事物的观察，我心里开始形成一种尺度，懂得了什么该说，什么不该说。

然而作为一个知识分子，我不满足于这种情况，因为这实际上是同领导者仅仅在保持着一种和平共处局面。现在领导对我很宽厚，说话写文偶尔走了点火，也并没像以前那样挞伐。而我呢，也学得知趣，说话看时机场合，有话点到就是，适可而止。

我想巴金也不满足于这种境界。他提倡说真话就是要突破这种十分要不得的和平共处局面，要更上一层楼，同领导敞开胸怀，无所不谈。这也正是领导历来所要求的一种境界。

我认为这中间需要一个过程。为了缩短这过程，我希望：

一、不要轻易惩罚说真话的；

二、不要过分慷慨地奖赏说假话的。

当前，1957 年的事不宜去谈，"文革"也以忘记为宜，我们可不可以认真深入地研讨一下"林彪反革命集团的形成和发展事件"？不过干校的都记得，刚一开始学习，由于矛头很自然地针对了"极左"，就戛然打住，而当代中国史上这么件触目惊心的事，从那以后就不了了之了。在那个事件中，说假话的确实骗到了最高的奖赏。那一事件清楚地表明，说顺话的人未必都可靠。同时，那也是惯说假话的一份上好的太上感应篇。今天，倘若就那一事件分析一下说假话者的表现特征，对当前必将大有裨益。

他写，他也鼓励大家写

——巴金在推动新文艺运动上的功绩

关于巴金那长达二十卷濡着血泪写成的创作，以及近十年来他那五本震撼人心的《随想录》，中外专家在这次具有历史意义的研讨会上，必有精辟深刻的探讨和分析。作为"五四"以来一位重要作家，他的成就自然首先是建立在他自己的创作上。然而作为 20 世纪中国新文学运动的推动者之一，他的功绩也是不可磨灭的。

我一直认为巴金、郑振铎和靳以于 1933 年从上海来到北平一事，在中国现代文学史上值得书上一笔。他们不但活跃了北方的文坛，而且也弥合了京、海的畛域。我很幸运，刚好就是在那一年开始文学生涯的。我脑子里就从没有这个地埋畛域。北平的《文学季刊》《水星》以及上海的《文丛》《文季》《作家》，都是我成长的园地。这些刊物巴金并不都出面，然而他始终全力支持。多少文艺青年在巴金的鼓励下，为这些刊物写稿。我就是其中之一。

更重要的是，巴金在 30～40 年代主持了文化生活出版社，在 80 年代创建了现代文学馆。巴金不仅自己用笔写下 20 世纪中国人民的苦痛与对未来的憧憬，他还花很大很大精力通过他主持的刊物和出版社，来培植新生的力量，并且系统地介绍俄罗斯以及欧美名著，双管齐下地推动着新文艺运动。现代文学馆的创建则是旨在收集、保管、整理和研究"五四"文艺运动以来的辉煌成就。

文化生活出版社曾培植了不止一代文艺青年，我当初就是其中的一个。巴金启发我们放胆地、放量地写，但是要严肃地写。晚年的巴金，出国访问时看到外国对作家的手稿及资料的珍视，他又大声疾呼，倡导成立现代文学馆，并为此捐献出他所有的书稿和国内的稿费以及国外的奖金。

巴金不是一位只埋头写自己作品的作家。他关心世界，关心生活，尤其关心在"五四"火炬高擎下起步的中国新文艺。倘若忽略了巴金文学生涯中这个"行动"的方面，对他的了解就不会全面，对他的评价因而也难以公正。

一、文化生活出版社

虽然我最早的三本书《篱下》《书评研究》和《小树叶》都是经郑振铎推荐，1935 至 1936 年间由上海商务印书馆出版的，但文化生活出版社同我从一开始就不是甲方（著作者）乙方（出版者）的关系。不，在巴金的支持下，它一直是个光与热的散发体。这里，并不只是你交稿我出书的关系。巴金一方面联系着全国老作家们，另一方面更关心着年轻的一代。他不但把我的《栗子》等书编入他主持的《文学丛刊》中，有些书（例如我的《梦之谷》）是在他一再督促下完成的。当我还漂流在远方时，他就主动从报上剪下我的通讯特写编印成书，如在桂林出的《见闻》和上海出的《南德的暮秋》。他不仅为我出书，更重要的是当我的文章在报刊上发表时，他就关心起来，有时鼓励，也有时批评。他心胸宽广，从没强加过什么给我，但在批评时也从不拐弯抹角。40 年代我的《人生采访》和《创作四试》就是这样在他的鼓励下编成的。书出前我因工作离沪，那厚厚的五百多页校样还是他逐字看的。

在那之前，巴金本人曾靠卖稿为生，他身受过书商剥削之苦。在他主持下的"文生"从一开始就摒弃了当时上海书商廉价收买文稿的恶习，尊重作者权益，稿酬一律（也就是不分新老作家）按书价 15% 抽版税。那时"文生"时常用预支方式帮大家解急。我自己就在接不上时，曾不止一次地向"文生"预支过版税。当时这样做的当然不止我一个。1946 年刚回上海，我没有金条，找不到栖身之所，就住进"文生"在闸北的仓库——那里早已住了单复。这在今天出版界是难以想象的。有什么出版社在某作家病故后，会照顾其遗孤呢？在"文生"，这也发生了。

今天的出版社大多设在高楼大厦中，编辑、美编、经理、发行多少部门，人员往往数百。然而那时的文化生活出版社就设在上海弄堂一幢黑洞洞的三层小楼里。巴金这位主持人手下也就十来位帮手。他既组稿、审稿、看稿，又得操持种种事务：这位青年作家老婆要生孩子，得预支稿费；那位作家要求单为他印一批精装本，布面烫金封面。所有这一切，在"文生"都能得到满足，而且都是巴金亲自经手。他同时还得应付握有生杀予夺之权的图书审查处。巴金自己的《萌芽》被禁了，改名《煤》，仍出不来，又改名《雪》。多么艰难的岁月啊！"文生"的工作人员陆蠡（散文家），在孤岛期间，还为这一事业献出了生命。

就在这样万分艰难困苦的情况下，文化生活出版社系统地开展了创作与翻译并重的文学出版事业。巴金主编的《文学丛刊》，每辑十六册。书出到十辑，共一百六十册。每辑都收有长、中、短篇，散文、评论。另外，他还主编了《现代长篇小说丛书》。又为曹禺、袁俊、李健吾、丁西林出了剧本选。在创作方面，我认为"文生"的特点是对各种文体兼容并收，因而十辑的品种齐全。在作者方面，不但没有门户之见，并且每辑都是新老结合——实际上就是以老带新。

在巴金的主持下，"文生"的《译文丛书》是与《文学丛刊》齐头并进的，而且也是成绩斐然。选材既广泛，凡是外国的佳作，都组织人翻译，又有重点。它既介绍古典名著，也不忘记当代的，特别是东欧弱小民族的。记得"文生"还出过胡风由日文转译的朝鲜作品，大部头则有屠格涅夫、托尔斯泰、冈察洛夫、契诃夫、果戈理等专集，有的长达千页，成套的则达数十册。像最近逝世的汝龙，就是在"文生"的支持下，从事《契诃夫全集》介绍的。

"文生"后期，这个怀有大抱负的小出版社还向科普进军了，出了一套科学小丛书。那时，市面上正闹着通货膨胀，纸张又奇缺。"文生"就像一条顽强的船，冲风破浪，勇往直前。

在中国出版史上，"文生"这个同人性质的出版社是应有其位置的。

二、现代文学馆

1980 年在《创作回忆录·关于〈寒夜〉》一文中，巴金就建议"创办一所中国现代文学馆，让作家们尽自己的力量帮助它完成和发展。倘使我能够在北京看到这样一所资料馆，这将是我晚年的莫大幸福，我愿意尽最大的努力促成它的出现，这个工作比写五本、十本《创作回忆录》更有意义"。转年 3 月，他又在致李健吾的信中说："我想多活，不过想多做点事。除了写作、翻译外，还鼓励作协办个现代文学资料馆，搜藏'五四'以来有关我国现代文学的资料。要是办得成，还要找你捐赠书信和手稿。现在外国人都在搜集、保存、研究我们文学的资料，我们自己却视之如粪土，太可惜了。"在《真话集》中，他甚至写道："近两年我经常在想一件事：创办一所现代文学资料馆。甚至在梦里我也几次站在文学馆的门前，看见人们有说有笑地进进出出。醒来时我还把梦境当做现实，一个人在床上微笑。"他把这样一座现代文学馆视为"表现中国人民美好心灵的丰富矿藏"，是"五四"以来新文学事业的里程碑。

创建现代文学馆是巴金在遭受十年"文革"的折磨、80 年代复苏之后，他最大的甚至是唯一的愿望。这一倡议在国内外立即引起强烈反响，老作家叶圣陶、冰心、夏衍都全力支持。同年 10 月，中国作协即成立了建馆筹委会。次年，在中央及北京市有关部门的协助下，有了万寿寺西路的这个临时馆址。经过十年的征集，现在馆藏文学资料 202794 件，各文库收有作家全集、手稿、照片、书信、文物、录音带及录像带，还有中华人民共和国成立前后的文学期刊，以及港台和海外华文书刊。此外，还设有作家肖像的画廊。现代文学馆为了发表有关现代文学研究的成果并传播有关动态和信息，还编辑出版了《中国现代文学研究丛刊》，并且编辑了一套作家书信集。此馆还经常举行学术讨论会及讲习班，并与北京图书馆等单位联合主办作家文学生涯的展览。

如今，现代文学馆不但为全国学者，也为全世界中国现代文学研究者服务。台湾《中国时报》的应凤凰参观之后，称它为"具有国家档案馆性质的资料及研究中心，一座文化藏宫。使台湾人看完感到'中国文坛之大''文学资料真是多得惊人'"。《城南旧事》的作者林海音参观回台后，立即号召台湾出版界向文学馆赠书，她所主持的纯文学出版社带了头。

三、我的第二位师傅

前边我谈到巴金对几代青年在思想及人生观上产生过巨大影响。在结束此文时，我想就三十年代我两次内蒙古之行，具体地谈一下他早年给予我的启迪。

我是 1930 年编英文《中国简报》时认识沈从文的。他是我的第一位师傅。他教我怎样写。1933 年在海淀蔚秀园我见到了巴金，我的第二位师傅，他首先教我怎样对待人生。

当时，我正为《大公报·文艺》写着文章。巴金对我也说了不少鼓励的话，例如说他读了我的《邮票》挺受感动。但更重要的是，他向我指出，应该把视野放宽，把心放宽，不要把自己关在个人的小天地里，应该更多地关怀同胞以至人类。这样，作品才更有力量。

我初期的小说，写的大多局限于我早年的个人生活以及童年的一些见闻。结识他之后，我一直努力冲破那个小天地。在带有象征意味的《道旁》中，我又反过来劝读者，不要沉醉在安乐窝中而忘记世界的危境。我还写过几篇揭露教会学校的小说。后来在《答辞》中，我曾不厌其烦地提醒比我更年轻的朋友们"不要只考虑个人的出路"，而忘记大时代。

1930 年夏天我去过一次内蒙古的卓资山。那时我对那里的社会现实也不是毫无察觉，然而我更多的是把它作为一次避暑旅行。我甚至还站在遍地开满的罂粟花丛中，让人拍过照。尽管内蒙古是我祖先住过的地方，可我对那里人们是怎样生活着，似乎漠不关心。

1934 年，也就是结识巴金之后，我又跟平绥路上一位货运员以"黄鱼"身份去了内蒙古。这次我从北平、张家口一直跑到包头。沿途我不满足于泛泛地看市容和风景了。在大同，我们摇摇晃晃地踩着湿漉漉的升降机，下到黑洞洞的矿井。在那里，我看到工人们为每天两三毛的工资，在死亡线上挣扎。更使我惊骇的是人间另外一种"井下"：由于贫穷，塞外到处是人肉市场。幼女七八岁就出来卖唱，也有做丈夫的替妻子所接的嫖客低声下气点烟倒茶。大街小巷贴着各种戒烟药丸的广告，可烟馆里烟雾弥漫的炕上却横七竖八地躺着一排排的瘾客。

那次旅行粉碎了我心目中"风吹草低见牛羊"的内蒙古。归来满怀悲愤心情写了篇《平绥道上》的特写在《国闻周报》上发表。那是我写通讯特写的起点。

巴金是我在文学道路上第二位师傅，也是我在人生旅途中一位主要的领路人。在我被世人当作垃圾渣滓而唾弃时，他是我始终不渝的朋友。

1991 年 7 月 30 日于北京

重读巴金《随想录》有感

书，通常是用脑子写的。这却是一部用心写的书。它同读者肝胆相照。

写自己的书，通常是自圆其说，甚至自我表彰。这部书却立足于自我谴责。

在一个宣讲批评与自我批评的国家里，批评是随处可见的；但自发的、由衷的自我批评却极少见，尤其在名人要人那里。那是留给政治上处于劣势者的，而且自我批评无休无止，无限上纲。

早在"左"也可以反一反之前，这部书就开风气之先。但这里并不向旁人号召反"左"。它从自我反"左"开始。

在那严寒的年月里，为了过关，为了存在，或者为了升迁发迹，谁没有说过违心的话，甚至朝无辜者浇过粪汤子？乃至气候转暖，就又春风满面，仿佛什么事也没发生过似的。哀莫大于心死，万一气温又下降，谁知会不会又故态复萌，如法炮制呢？

要保证不，就得自我谴责。然而，当年主持斗争的和摇旗呐喊的，有几人像巴金那样自我鞭挞的？

这部书里没有华丽的辞藻，也不见深奥的哲理。然而自它于十几年前问世以来，这样掏心窝的不合时宜的书还不经见。

我推荐此书，立意是改变一下虚妄的风气。真话与假话、套话是对立的。假话、套话最保险。而真话轻则吃瘪，重则锒铛入狱，家破人亡。距今七十年，鲁迅在《立论》及《聪明人和傻子和奴才》两文中，就看穿了这一点。

我衷心希望《随想录》能更多地造就出一些傻子。

1993 年 5 月 10 日

巴金：一个敢于透视自己的人

——为巴金九旬诞辰而作

被"文革"蹂躏了十载之后的中国，一度曾听到一个微弱但是明晰的声音："左"也应该反一反了。一时，有人出来谴责套话、假话，有人诅咒"忠"字舞。昔日个别响当当的骁将中，甚至有的悄悄向自己的受害者道声歉。然而有谁正视过他本人在那越"左"越光荣——也越吃香的年月里，自己曾说过哪些瞎话，干过哪些伤天害理的事呢？知识阶层，尤其文学界，大口大口地批胡风、卖命地为"三面红旗"呐喊的，何止千万！有谁拿出勇气把自己当时的表现翻腾出来，在广大读者面前剖析一下？茫茫神州大地，这样的傻子至今我只见到一个——巴金。

巴金并没有像有些聪明人那样，一见到点批"左"矛头，马上就为文提倡、号召、动员大家快来响应。他只是几乎痛哭流涕地把自己说过的假话以及在说那种话时的动机、心情和考虑，全都"竹筒倒豆子"那样抖搂出来。这得需要多么大的勇气啊！因为自我否定——尤其对有身份的人，"比骆驼穿过针眼还要难"。

他一点也不逞英雄。相反，他公开承认自己懦弱。"运动一个接一个，没完没了。每次运动过后，我发现人心更往内缩，我自己也把心藏得很深，仿佛人已走到深渊边缘，脚已经踏在薄冰上面，战战兢兢，只想保全自己……我相信过假话，我传播过假话，我不曾跟假话做过斗争。别人'高举'，我就'紧跟'。别人指出'神明'，我就'膜拜'"。[1]

在斗争过"胡风反革命集团"的那些众多猛将中，有谁曾像巴金在《"遵命文学"》一文中那样自问过："在反'胡风集团'的斗争中，我究竟做过一些什么事情？我记得我写过三篇文章，主持过几次批判会。为什么还算这旧账呢？因为好像有个声音经常在我耳边说'不许你忘记！'"[2]

他把自己50年代在"大跃进"如何睁眼撒谎，60年代如何吹捧大寨以及在学习会上战战兢兢，历次运动中的侥幸心理，把他在撒谎时由红脸到不红脸的过程，都和盘托出。他在《讲真话》一文中，甚至痛心疾首地承

---

[1] 巴金，《真话集》，人民文学出版社1983年版，第89页。

[2] 巴金，《无题集》，人民文学出版社1986年版，第173页。

认："说真话不容易，不说假话更加困难。"

我有幸同这位对人对己都努力做到诚实的人生活在同一时代，我也为我们之间有过整整六十年的友谊而自豪。《家》《春》《秋》是他在文学上的建树。历史将会证明，八十年代他写的五卷《随想录》对于中华民族的贡献也许更宏大。那将造就出一代说真话的人。

一个国家，一个民族，一旦真话畅通，假话失灵，那就将把基础建在磐石上。只有那样，国家才能大治，社会才能安宁，百废才能俱举，民族当然就立于不败之地。

在巴金九旬诞辰之际，我在此高呼：真话万岁！

1993 年 11 月 25 日

真话与假话

"巴金与二十世纪"这个题目的幅度广，气魄大。这里，我们研讨的不仅仅是文学。我们是从整个一个时代的角度来看，来探讨，来衡量一位作家的价值。我这里也试着从全方位来看巴金。

往日的作家并不都写他们所生活的时代。《浮生六记》里并没有太平天国的影子，正如《简·爱》里完全没有触及拿破仑战争。

然而"五四"以来，除极个别的作家（如李金发），几乎所有的作家都与他们所生活的时代息息相关。从鲁迅开始，"五四"几位大师的每部作品都反映着他们所生活的时代的政治和社会现实。我们这里没有——也不可能有普鲁斯特或者川端康成。也许正因为如此，我们这里也没人得到过诺贝尔奖奖金。唯美主义在中国没有过市场，因为我们的国家太穷，太落后，太受人欺负。人是群居动物，在感情上总是相通的。一个作家除非他闭上眼睛，堵上耳朵，硬起心肠，不然，唯美主义的文章他只能交白卷。

就小说而言，"五四"以来，除了中间十五年抗日这个主题居于首位之外，从1919年至今，反封建始终是主导的。（我说"至今"，因为眼下正写到农村，这一题材也并未消失。）在我读过的作品中，除了苏雪林的《棘心》，几乎毫无例外地都是反封建的，而且往往表现在婚姻问题上。《棘心》的女主人公则为了尽孝道，就宁可放弃自己所爱的人，而投向母亲为她选择的丈夫。那可以说是一部反捍卫封建之作。

因此，尽管巴金的《家》《春》《秋》三部曲是"五四"以来在反封建方面影响最深广的，它比杨振声在1925年出版的《玉君》要晚八年。所以它既不是唯一的，也不是最早的。

巴金在80年代问世的五本《随想录》在现当代文学史上却开创了一个新的品种，展示了一个新的方向和内容，就是向读者袒露自己的内心世界，通过自我揭发和自我否定，从而用亲身的实践来提倡说真话。

这方面，他肯定是最早的——可惜至今也仍是唯一的。我要在这个短短的发言里来说明，从整个20世纪的文学来说，也是贡献最大的，因为它关系着民族的兴衰存亡。

古今作家大多崇尚返璞归真，但是回归自然不一定有损个人尊严，更未必就惹来麻烦。巴金的说真话有它特定的时代含义。他实际上是提出一种挑战：在尖锐剧烈的阶级斗争中，人究竟是先顾个人利害还是先顾是非。巴金的真话是向读者坦诚地承认自己曾经把个人安危置于是非之上，以致说了假话。他通过自我否定和忏悔，大声疾呼人们要说真话，即便那话并不响亮，甚至有犯时忌。

《随想录》问世已十载有余，可至今它仍是唯一的一本。这说明自我否定要比把文章写得红宝石那么漂亮要难多了。也正因此，我认为说真话的《随想录》比《家》《春》《秋》的时代意义更为伟大，因为一个国家，一个民族，一旦真话畅通，假话失灵，那就会把基础建在磐石之上。那样，国家就能大治，社会才能真正安宁，百业才能俱兴，民族才能立于不败之地。

应当指出，巴金的功绩不在于提倡、号召、动员人们说真话。这方面，他远不是首倡者。从20世纪50年代一直听到"竹筒倒豆子""向党交心"，还开过无数次"神仙会"。巴金的贡献在于他自己说了真话——并不体面的真话，而且几乎是痛哭流涕地说出的。他的话大有助于我们认识过去，因而也有助于今后。有什么比上下肝胆相照更有利于国家，有利于民族大业呢！

巴金是一个善良人，一个诚实、不善于讲假话的人。当这样一个人为了应付环境而不得不去说违心的话、做违心的事时，他内心怎么能不痛苦呢？今天，他本来也可以往当时的政策推，往时代的要求推，自己满可以又心安理得。因为既然旁人都处之泰然，他又何必这样把自己的内疚公开出来呢？这并不会是受欢迎的事。也正因为如此，尽管《随想录》《真话集》问世已十余载了，而且已经印了若干版，但作者至今却依然处于"孤掌难鸣"的境地。说真话不但并未形成风气，甚至往往还有些犯忌。因为他本来应说的是"真理"，而他却说了真话！

把历史忘个干干净净总不会是有利的。毛泽东主席一向提倡读历史。从 70 年代在五七干校时起，我怎么也忘不了当年那位一人之下、众人之上、"永远健康"的林彪。我想，倘若封他为中国现代史上的假话大王，大概算不上失误。他确实把"真理"说尽了，可他就始终没说一句真话。他凭他那套伎俩爬到不能再高了。他靠那套假话几乎把人民共和国推入灭亡的深渊。他靠假话打倒了一批劳苦功高的老帅。那阵子凭程式化的假话，就可以捞到高官厚禄，而像张志新那样说真话的人，一个个地都人头落地。那时，接电话时不许说"喂"，得先背一句语录。

在那假话横行的年月里，说真话的倒尽了霉。人，都成了被耍在林彪一伙手里的木偶。倘若这位以"真理"大王自居的林彪得了势，而没跌死在温都尔汗，今天我们会沦于何等境地，简直不堪设想！

所以我认为说不说真语，关系到民族的存亡。巴金在早年反了封建之后，进入 80 年代，他把笔锋转到这个更为重大的问题上了。他是自己吃尽了说假话的苦头，也看到说假话的危害，到了松动了的 80 年代，他才把这些真话倾吐出来。

我个人一方面由衷地拥护说真话，同时，想到遇罗克和张志新的遭遇，又不能不做某种保留。所以当年轻朋友举着本本要我给题字时，我总写：

"尽量说真话，坚决不说假话。"

其实，巴金在《真话集》第 99 页上检讨他三次违心地写批判胡风文章的矛盾心情时，曾说过"说真话并不容易，不说假话更加困难"。

但是我希望并努力把住这个关。

说到不讲假话之难，我想到人民共和国成立以来一件最令人痛心的事：1968 年八届十二中全会上，林彪凭借他那法西斯暴力要给共和国主席刘少奇戴上三顶最可怕的帽子，并且要付诸表决——就是说，要借全体中央委员的手，置刘少奇于死地。这可是利害与是非之间一次痛苦的抉择，显然是有性命危险的。当时有一位陈少敏同志，她拒绝举手——也就是拒绝说假话。她的确是伟大、光荣、正确的共产党的一个令人钦敬、值得载入史册的成员。有这样党员的党，一定会是战无不胜的。

她使我想起易卜生的《国民公敌》中的斯托克医生。

　　说真话不容易，然而说了真话的巴金，今天依然健在，并且受到赞扬。从这一点可以衡量中国的历史进程。我们现在是站在下个世纪的门槛前。我祝愿并相信真话在下一世纪的中国，情况会大有好转。

1994 年 4 月

作为改革者的小说家

——苦难时代的蚀刻（节选）

　　"家庭压迫"的问题得不到完全解决，中国的读者便绝不会对此失去兴趣。巴金小说的成功是最好的证明。他是位无政府主义者，以不妥协的精神完全充当了他那不满的一代的代言人。他在许多小说里写到矿工和革命者，最近的《家》《春》《秋》三部曲涉及的是四川家长制家庭的堕落以及年轻一代的反抗。巴金是位有信仰的作家，在法国留学时，成为法国大革命的热情支持者，并把谴责的精神贯穿于自己的作品。他写作不是因为兴趣，而是要抗议。但他从来不把自己假扮成一个艺术家。他在《电椅集·代序》中写道：

　　　　我没有自由，我没有快乐。一根鞭子永远在后面鞭打我，我不能够躺下来休息。这根鞭子就是大多数人的受苦和我的受苦……当热情在我的体内燃烧的时候，我那颗心，我那颗快要炸裂的心是无处安放的，我非得拿起笔写点东西不可。那时候我自己已经不存在了，许多惨痛的图画包围着我，它们使我的手颤动，它们使我的心颤动，你想我怎么能够爱惜我的精力和健康呢？……整个庞贝城都会被埋没在地下，难道将来不会有一把火烧毁艺术的宝藏。……我的文章是直接诉于读者的，我愿意它们广泛地被人阅读，引起人们对光明爱惜，对黑暗憎恨。我不愿意我的文章被少数人珍藏鉴赏……

这一对"为艺术而艺术"创作的非难，在下面这段话中表达得更直白：

我时常说我的作品里混合了我的血和泪，这不是一句谎话。我完全不是一个艺术家。我只是把写小说当作我的生活的一部分。我的生活是痛苦的挣扎，我的作品也是的。我只写人类的理想，在我遭受苦难时，我展望一个全人类的光明前景。人说生命是短促的，艺术是长久的。我却以为还有一个比艺术更长久的东西。那个东西迷住了我，为了它我甘愿舍弃艺术。

（节选自《苦难时代的蚀刻》一书，该书原为英文，英国乔治·艾伦与恩温出版社 1942 年版）

北人思沪

1957 年在反右斗争会上，忘记是哪位在批判时送了我个外号：海京伯。四十年后，我已经忘记批判的具体内容了，只知道那原是个马戏团的名字。30 年代我由天津去上海编《大公报·文艺副刊》时，我确实活动在北平与上海文艺界之间，当时还同在武汉编副刊的凌叔华也建立了密切联系。事实上，1933 年当郑振铎、巴金和靳以去北平之后，我同他们就立刻找到了共同语言，而我同以周作人为盟主的老京派没啥共同语言，也很少接触（杨振声和沈从文两位是 1933 年秋天才由青岛来北平的）。可是 1933 年郑振铎、巴金和靳以来北平，我们就一见如故。我的头三本书是上海商务出的，以后基本上都是上海文化生活出版社出的。我一向把巴金主持的"文生"看作我的摇篮。

近时文学史家写到我在 1936 年搞的"大公报文艺奖金"是"京派奖金"，这很冤枉。当时小说一项，评委们一致同意颁给《八月的乡村》的作者萧军，是由于他通过巴金告诉我不愿接受，经评委研究，才改为颁给芦焚的。

北平生我养我，但是上海哺育了我。在这里，我走出了个人小天地，开阔了视野，看到更广大的世界。上海给过我奶水，这一点我是没世难忘的。

在上海落户之前，我曾两度是它的过路客。第一遭是1928年，我由古老的北平去广东汕头那"梦之谷"时。第二回是1932年去福州教书那回。那时我穿了件蓝长衫，是个地道的阿木林。

可是上海人不欺生。

1936年《大公报》要出上海版了，老板挑了一批精干去那里闯天下，我有幸也被派去了。事先，老辈们告诫我此去上海可别沉海。当时报馆编辑部设在民国路，经理部则在南京路。人员——尤其骨干，大都是北方佬。事先也有人担心会不会受欺负。可后来证明我们的挂虑完全是多余的。

当时有些朋友住虹口，如萧军。我则同巴金和靳以始终没离开过霞飞路一带。在上海，我大部分过的是单身汉生活。那时的上海，也的确是单身汉的乐园。住的，大多是亭子间，房租不贵，当然面积也不大，也很少见阳光，不过都有卫生设备。房东则有本地人，也有白俄。到处是小馆。后来杨朔和孙陵在环龙路办了个北雁出版社，我搬去住了他们的二楼，才有了阳光。但我过的基本上还是单身汉生活。那时我最大的保证是那昼夜供应开水的老虎灶。吃小馆在上海也最便当。

但是很快上海对我就与北平一样亲切了。我最爱去城隍庙过那曲里拐弯的桥、去吃小笼包子。一想北平，就去二马路一个叫"耳朵眼儿"的弄堂去吃烧饼油条。当时北平还没有什么大公司，所以逛逛先施、永安也是种享受。我还十分怀念大东茶室。那时，我常同巴金，靳以，有时还有黎烈文和孟十还，去那一泡就是大半天。沏上一壶红茶，你尽可待下去。

1946年我从国外回来，又是在上海落脚。那时上海可真乱。金圆券，青洪帮，满街的美军剩余物资，可我住在江湾。后来去了香港。

在上海，我结下许多朋友，也有过美好的日子。可我的心也在这儿淌过血。

那时，浦东就像辽远的外国，1995年，我竟驱车从水下走过，去了浦东。每逢看到上海新建的大桥和横亘全市的超级公路，我就无限兴奋。新近听说世界最高的楼将在上海建成，我不禁欢呼：

上海啊，你这矗立在太平洋此岸的一颗明珠！

（原载《上海滩》1996年第3期，题名《上海哺育了我》，收入文化艺术出版社1997年1月版《点滴人生》时做了补充，易题《北人思沪》）

心 债

人到老年，往事如烟，我常想起一生最大的一件恨事：对王树藏的遗弃。

将近六十年前，纯粹由于我的过失，造成我们婚姻的破裂。我远走高飞了，害得她跌入感情的深渊。

1935年秋，天津《大公报》安排我同画家赵望云去鲁西采访水灾，他画我写。我们先到省会济南，接好关系就深入灾区。白天我们走访灾区，晚上就睡在小客栈里。他的速写和我的文学特写都同时发表在《大公报》上。随后，接到各方大批捐款，报社还为之成立了赈款委员会。

当时我还是个单身汉。望云是河北束鹿县人。我是通过他认识王树藏的。第一次见面是在北海濠濮间。她人长得清秀，戴着一副近视眼镜，性格内向，温和善良。后来知道她出生不久，母亲就撒手人寰。两年前，她父亲续弦，后母只大她几岁，还添了个弟弟。树藏一直渴望自己能出去闯荡世界。她结婚，就是为了摆脱家庭的桎梏。我呢，则由于从小没了家，很迫切地想建立起自己的家。可是当她表示婚后想去东京读书时，我还是竭力支持，并且答应可以给她介绍些留日友人。

树藏还在高中时，就是抗日救国运动的积极分子。"一二·九"的次日，我由天津赶回北平，并陪斯诺夫妇走访几家医院，看望"一二·九"游行中受伤的同学。斯诺夫妇不但参加了游行，还及时向国外作了报道。

那一天傍晚，我去学校看望了王树藏。她躺在宿舍的床上，头上缠着纱带，渗出血迹。她告诉我是同学们把她搀回来的，她讲得更多的是游行的声势浩大，和对反动派的愤慨。

回天津后，我根据自己在北平的见闻，挥笔疾书，以燕国为背景，写了《栗子》。恰好1934年秋，我曾以女学生因参加爱国游行而被军警殴伤为题材，写过一篇《小树叶》，可以配合"一二·九"运动。文章发表在1935年12月30日的《大公报·文艺》上。从此，"小树叶"就成为我对树藏的昵称。

1936年夏，由树藏那位住在南京的叔叔主持，我们在中央饭店正式举行了婚礼。当时她十九岁。婚后不久，她就照原来计划的，去东京留学了，我则重新过起单身生活。

卢沟桥事变后，我给"小树叶"接连发了三封电报。

她好不容易找到船位赶回上海。当时，《大公报》已由16版缩为4版，大批工作人员被遣散，我这个《文艺》编辑当然也得走人。还发了半个月的工资，作为路费。

我与"小树叶"离开了上海，经香港、武汉最后到了昆明。从那里，我还遥编过一阵《文艺》。

这时，"小树叶"已进了西南联大。巴金在《火》中所写的三位女性就是以树藏、萧珊和杨苡为原型的。

1938年8月，我接到一封电报，告我《大公报》将出香港版，要我立即启程去港，并汇来旅费。我当时困居昆明，接到电报自是欢喜万分。"小树叶"看到我那么兴奋，十分不悦。

几天后，我就和施蛰存结伴，经河内前往香港。我又搞起《大公报·文艺》，并努力把它编成抗日宣传阵地。当时，香港属英国，它与日本还是"同盟"国。版面几乎天天遭到检察官的干涉。我把"东洋"一律排成"×洋"。就连这样，刊物几乎每天都"开天窗"（排好后被检察官部分删去），有时新闻检察官甚至在整个版面上都打了个大红叉叉。

那时我很想找人学学法语。听说九龙有一位法语区的瑞士教授福莱正在找人互教法语和北京话，我就同他接上关系。

第一天上课到一半时，他说休息一下。他有位华人干女儿雪妮，是钢琴家。她就为我们端上茶来。原来她还是我的读者，对我的小说人物都十分熟悉。当时，我立即被她吸引住了。但我立刻想到"小树叶"，就警惕了。

同她见了两面之后，我为了保护自己的家庭，就把刊物交给李驰，设法离开香港，并陪老友黄浩由汕头去岭东漂荡。他是奉华北游击队之命，南下募捐的。我们跑了潮安、普宁等好几个县，我还写了一批速写。但是怎样也没能把雪妮的影子从我心底赶走。

回香港之后，我又禁不住去看她。我知道这不是办法，就向老板讨了个任务，回昆明去采访正在修筑的滇缅路。我从昆明前往大理、龙陵、芒市，一直跑到缅甸的拉成。回到昆明，依旧未能把雪妮抛到脑后。

幸而回到香港就接到伦敦大学东方学院的聘函，邀我去那里教书。就这样，我与雪妮在九龙诀别了。这之前，由昆明赶来的"小树叶"已乘船回去了。1939 年 9 月 1 日，我登上开往马赛的"阿拉米斯"号轮。那天，接替我在《大公报》职务的杨刚也来送行，她和穿了紫衫的雪妮一直目送轮船出港。

"小树叶"在香港本来已同意离婚。但我要她回昆明后考虑成熟了再给我回话。

到昆明后她变卦了。回电说：坚决不离。所以，在英伦七年，我的护照始终是"已婚"身份。

1940 年，雪妮跟她那位瑞士干爹福莱去了日内瓦。巴黎沦陷前，每月还交换一下信。后来整个欧洲大陆与英伦三岛断绝了交通。巴黎解放后，我去大陆采访，并顺便去日内瓦看望了福莱教授，才知道他那位义女雪妮早已结了婚。从照片看，她已浓妆艳抹，戴上大耳坠子，成为一位雍容华贵的夫人了。我顿时感到幻灭。我愿只保留她当年身着水兵服的少女形象。

现在回想起来，我被雪妮所吸引纯然是盲目的。她是阔小姐，我是穷小子，凑不到一块。凑上，也终必散伙。遗弃了"小树叶"，是我的终身恨事。

其实，朋友们当初都不赞成我这么做。挚友巴金那时也在香港。有一次我同他在九龙码头分手时，对他说，我要在这儿跟雪妮相会，她马上就来，问他要不要见一面。他断然拒绝了。

杨刚表面上对雪妮客客气气，私下里却向我表示不喜欢像她那样洋气十足的女人。

战后，听朋友说，"小树叶"已经跟一位志同道合的人结了婚，组织起一个幸福的家庭，有了几个孩子。我才于1946年回国后，在上海同谢格温结了婚。然而天网恢恢，不出一年，我好容易建立起的家庭又被一个歹人破坏。我遭到了报应。直到1954年与洁若结缡，我才有了个安定的家，身心有了归宿。树藏的好友杨苡在90年代的一个晚上光临寒舍，对我说，现在我原谅你了。

中华人民共和国成立初期，我听说树藏在北京工作，所以每逢在街头看到与她长得相像的同志，我心里就紧张起来，惭愧之至。"文革"期间通过外调，我才知道她好像去过延安，60年代中叶在哈尔滨任职。

改革开放后，我从老友巴金那里知道她在"文革"中被残酷斗争，竟成了"植物人"。我当时叹气说，是我害的她。巴金开导我说，你们是几十年前的老账了。树藏这笔账应该算在"四人帮"和他们的爪牙身上。

后来树藏的弟弟还来找我为他的儿子开过介绍信。我当然开了。说起来我还曾是他的姐夫！

后来我多次写信谈到婚姻不可只凭感情。为了持久，还要看有没有共同点。由于我的自私、任性，害得"小树叶"好苦。我是罪孽深重！

我本应受到惩罚。但命运对我还是很宽厚，使我有了洁若这位知音，这位人生好伴侣。

人，可惜只有活一辈子。我劝青年读者：感情这件事，千万大意不得！

她的死虽然与我没有直接关系，但那并不能减弱我对她的负疚心情。

1998 年 6 月 1 日于北京医院

下编：致巴金书信

1．一九五二年二月九日

巴金：

你的病好了吗？医院进没进？彻底治一下确是办法。我的年过得不错，很热闹。还去看了赵汝龙，他坚留吃饭，两人差点把衣服扯破——我因还得去看别人，终于还是去了。你寄来的书，都收到了。其中《醋栗集》重了，所以寄回去，收到了吗？如果有那本新出的《文学大纲》及傅雷的《卡尔曼》，望寄我一册，因我去市场买了两趟全未买到。看到××他们都在"平明"①出书，我愈觉得××的那个提法②不妥当了，因为书店不能与一般工商户相比。我如有译作，还是希望给"平明"。这是后话了。我目前在为《人民文学》赶一篇《菲尔丁③论》。你一到上海，自己感冒着，就先替朋友张罗买书的事——买定了，才躺下，很感动，希望你一

---

①　指平明出版社。

②　认为巴金不应搞平明出版社的提法。

③　英国现实主义小说家。

气把肠胃治好。

　颂

双安

　　　　　　　　　　　　　　　　　乾

　　　　　　　　　　　　　　　二月九日

2. 一九五二年十一月二十日

巴金：

很仓匆地告诉你：我调工作了，调到人民文学出版社（雪峰① 去处），参加《世界文学》的编辑工作，你听了会奇怪吧！事情在你走了以后不久即提出来了，这边不放，争扣经月，昨天还是去报到了。你十二月来北京时，也许碰头更方便了。我呢，也算在文艺上归了队。

你们去时，我正在忙——本说去送脸谱给少妹，也没送成。这次还见了些人。艾青告诉《人民中国》应当去访问你，好好写写你，认为你在朝鲜有非常丰富的收获。大家对你都抱了极大极大的希望，我希望你的解放后第一部大型成品早些问世。

托你向"平明"要的那本瞿白音译的书，你有便问问采臣② 如何？还有《土地回老家》③ 已有了波、印尼、印地等六种译本。这书我想买十册送给日本（他们正在

---

① 即冯雪峰。

② 巴金的弟弟。

③ 萧乾的英文特写集，1953 年由平明出版社出版。

译），有便请采臣一寄如何？

颂

好并候

蕴珍 ① ——友好的致敬

乾

十一月二十日

---

① 巴金的已故妻子萧珊。

3. 一九五二年十二月七日

巴金：

信和书都收到，谢谢。我想不应怪采臣什么。在"三反"时，我就想，我又不是"平明"的股东，对"平明"没什么贡献，是不应该向他要书的。因此，当时写信是请他代购，我想还是请他代购好些——我当时奇怪的是，他书也没寄，信也没复。后来知道他身体不好而且工作也一定很忙，我就又想自己不应这样麻烦他了。总之，请不要批评他，应该受批评的是我哩！

我写信给你的此时，是很兴奋的，因为从写《梦之谷》（一九三七年）以后，我第一次又尝味着创作的生活。《世界文学》要明春四五月才出，雪峰已同意我以二三个月——必要时再长些的时间，把帝国主义孤儿院的电影剧本写完（我急着要那本《艺术生活》也与此有关）。

最近十天，我都是在北京那个孤儿院中体验（天津、南京的都去过了），认识了一大堆小朋友，每个人都是本伤心史。十几年来，我一直想写出一本揭露帝国主义的书，这也是你知道的。但过去我只是从个人私怨的角度来写，因此，不可能把它的本质写出来，相反的，是琐碎伤感，似是恨又似是留恋。我这次是有很大的信心，把这个洋黄世仁写出来，把它作为"帝国主义"化身来写。这里严文井，电影局，宗教事务处都给了我极大的支持。我希望我们再见面时，我能把它捧给你，望你批评它。自然，更希望它能拍成片子来教育那些对帝国主义仍有幻想的人。

你的短篇已寄出来了吗？希望此信到时，你已着手第二篇了。这次与李蕤长谈了两次——他决心脱离行政，回到创作来。我有点感觉，你不来北京的决定是有一定道理的——虽然我当时想，你在上海也未见逃得开。

敬礼

乾

十二月七日

4．一九五三年一月十五日

巴金：

你的短篇写得如何了？念念。读了杨朔《三千里江山》，特别想到你在写和将要写出的东西。朝鲜这首史诗定需要用你那样深切的爱，火样的笔来写的。

我的电影剧本已开始写提纲了。二月一日在电影局开剧本会议，我得在那以前写出来。大约在这会议上可以决定它的命运。我从来还没弄过这么大块的东西，有二十几天真是苦极了！寝食不安。最近才安顿下来，有了些信心。这东西本身是感人的，目前担心的，还是人物的塑造。

电影剧本完成（通过后就写，我想一个月可以写成的），我还想把它写成小说，因为电影脚本对我太生疏了，而且限制太大了（一切全得形象化，"抒情"不得）。

人民文学出版社给了我很大便利——三个月基本是写作，这不但是这三年来唯一的一次，也是写完《梦之谷》以后，一直没过过的集中的创作生活了。这一段，对我有很大价值。我又恢复了写作的热情，想象力又活跃了些，对理论因而要求也大了些。

　　这期间，也为人民文学出版社看了些苏联小说译稿，《布洛诺娃的故事》（"平明"有了译本，对吗？）、《百万富翁》，目前正在看一部五十万字的。这样集中地读文艺作品，也是很久没干的了。

　　杂志①还没日期——甚至影子。听厂民今天说，靳以到过一趟北京。朝鲜收获一定不少。

　　一时不来北京吗？

　　敬礼

乾上

一月十五日

　　再者，你能请"平明"在年前寄我一部分版税吗？搞电影以来，没写稿，有点小饥荒。能在月底以前最好。

　　胡乔木同志写信鼓励从文②写点历史类的作品，认为他能写，适宜写，从文仍在踌躇。如写信，盼为他打打气。

---

　　①　指《译文》杂志，当时正在筹备中。
　　②　即沈从文。

5．一九五三年四月一日

金：

信收到后，我即代你找《新华月报》第一号——托了许多人都没办法（听说今年"计划发行"后，出版总署胡愈之署长自己想补一本杂志《世界知识》也无办法）。我现已函托出版总署发行局局长储安平去设法。如果找到，他直接寄你——否则恐是真无办法了。郑效绚也缺那本，他是新华书店一朋友把自己的一册割爱的！

我仍在忙。最近，修改剧本和杂志筹备工作冲突了。你的短篇写得如何？文学出版社不久即出版你的《家》了。我参加了这个杂志工作，才深深觉得去年你拒绝负担那个责任是正确的。我这个人考虑问题还是不客观，不踏实，什么都凭一股蛮劲热劲，只求热闹，而不够从事情本身设想。

今天既然搞起翻译，在这方面怕也免不了麻烦你。我们在几个月后，可能成为国外资料的汇源地，希望你对这个刊物予以支持。

我对"平明"有一个建议：我去人民文学出版社，方知他们对于社内有一种购书优待方法。"平明"以前那样赠法自然吃不消。它可否对它有关系的人按季通知书刊预告，可以预订，给点折扣，如此可以省得大家去书店排队抢购——时常是购不到，买到付款时又须排队。有些"平明"的书，我又不能不去排队买——在队伍中，感到书店与作家关系不如以前亲密了，没有了"……"时代你所理想的作家与书店间的超商业的友谊了，也即是冷酷了。不知你意如何？

　　颂好，问候蕴珍

乾

四月一日

6．一九五三年六月二十三日

巴金：

电报收到了吧！我们改变了纪念梅里美①的计划，打算请马耳把《卡门》全部译出，比从全章割选几章好些。因此，不必同傅雷接洽了。

你怎么样？病全好了吗？梅韬②说你很瘦，气色很坏，希望你养好了再北来。

我和梅已签字分手，但生活还暂时在一起，而且反而相安无事，彼此很体贴了。外人不懂，其实这说明我们做朋友够，做夫妻不够。

她托你把她的表带来。她还说，有些我的东西送你那里去了，我也弄不清什么东西，反正凡是对你有用处的，就请你留着用吧。

你的款子，等你到京后即还。

敬礼

乾

六月二十三日

---

① 法国小说家。
② 萧乾的前妻。

7. 一九五三年十一月十六日

金：

看看日历，你快回来了。在朝鲜那高地，你还不忘记鼓励我译《马克·吐温》，真是感激极了。你走的这几个月，我没有忘记夏天你劝我的话。工作我觉得还踏实，生活也在走上轨道——而且不是罗曼蒂克地，而是很严肃地进行的。总之，生活还是走上了轨道。

《译文》你每期都看到吧？我和人民文学订了合同，译一捷克讽刺小说《好兵帅克》①。明年，组织上还是批准了我三个月的创作假，去一个农业合作社体验生活。

译你的东西使我和你最近那种新的情感接近了不少。《生活在英雄中间》删掉了三篇（中宣部的意思），上月交了卷，如今在补译《黄文元同志》（《中国文学》英文季刊即发表）及《爱的故事》二篇。集子年初可以出版②。我译它们感到亲切，也感到不少提高。他们还约我

---

① 捷克讽刺作家哈谢克作。萧译于 1956 年，由人民文学出版社出版。

② 1952 年萧乾把巴金所写的抗美援朝特写集《生活在英雄中间》译成英文，由外文出版社出版。

以后译你的短篇集，等到时候再说吧。

　　我已迁入"作协"的宿舍，在东总布胡同四十六号，工作在"作协"内，电话是54427。"作协"的"民盟"区分部主任委员由陈白尘同志担任，我副之，因而工余会还是很不少。

　　从文去了趟上海，回来很愉快。三姐①病倒了。

　　总之，希望你满载而归。我是感到你的短篇有时写得似乎还未尽意。丁玲在文代大会上提到你的《黄文元》时，就指出写英雄本人写得还不够。相信如用较长的篇幅可以补救的。但你的笔的确是感人的，汪明朴实的力量远大于雕琢。

　　敬礼

　　　　　　　　　　　　　　　　　　乾

　　　　　　　　　　　　　　十一月十六日

---

　　①　沈从文的夫人张兆和。

8．一九五四年二月一日

金：

回去要忙了吧?

如你顺便看到那部 *Mark · Twain*[①]，请问问要多少钱。"中原"来了两套，须八十～九十，我嫌太贵了。

另外一事向你报告：组织上调我脱产参加"高级干部整训"，共七十天。从今天开始（"作协"还有艾芜、董秋斯二位），学哲学，四月十四日考试，这段时间一定很紧张，要读若干很艰深的理论书，但恐怕只有这样才学得好。我一定努力学好（幸而翻译大部分搞完了）。

颂好

乾

二月一日

---

① 《马克·吐温》。

9. 一九五五年一月三十日

金：

又好久没通信了，这回向你报个喜音：昨晚洁若[①]产一女，取名荔子，母女均很平安。

近来正在忙《译文》的检查工作（继《文艺报》之后），对自己的思想作风也进行了一次检查。

你身体好吗？

国际书店最近办法改得更方便了——英美方面，只要你能提出书名、出版者、作者，他们就可以去订。朱海观兄前些时候订了几本，最近全到了。你如需要什么请通知我。但是俄文插图本，最近译文社内部改变了办法——私人订书概不管了，这对我是很大的一个不便，但我已托冰夷兄[②]代为留意了。

颂好

乾

一月三十日

① 文洁若，萧乾夫人，著名翻译家。
② 即陈冰夷。

10．一九五五年十一月二十日

巴金：

信收到。《十月》国际书店及门市共只有八册，他们同意让给你七册，连同新到的匈法字典，昨已寄上[1]。最近到了几种《企鹅丛书》，有《伊里亚德》的新译本，你要不要？

我最近很忙，但忙得很快乐。《大伟人传》[2] 即将译完，下月可回到《帅克》身上，松快不少。（上海文化工作社？）有一位姓王的译的《大伟人传》，如出来，可否请代购一册寄我？多谢了。

听说陈西禾兄的罗曼·罗兰的稿交你校了，不知校完否？我们在等着发稿，编辑部要我催问一声（如再不寄到，这次就登不上了）。

《红楼梦》的诗词你参加了吗？

颂好

乾

十一月二十日

---

① 写此信时，萧乾正在《译文》工作，曾通过图书进口公司帮巴金从国外买些新书。

② 全名为《大伟人江奈生·魏尔德传》，英国 18 世纪小说家菲尔丁作，萧乾译于 1956 年，由人民文学出版社出版。

11. 一九五六年六月十一日

金:

你忙极了吧? 我刚由北戴河回来, 也投入斗争了。

这次去北戴河虽只五个整天, 但收获很大。首先, 是跟北京市百多位劳模共同生活了一下, 看到他们那样认真学习, 时刻不忘五年计划, 真是感动。另外, 五天来跟工人聊天, 对今后"写什么"这个问题找到了一个答案。我决定花上三五年工夫, 去写开滦煤矿(被英帝统治了七十年之久, 一九五二年才接管)工人对帝国主义的正面斗争, 内容是异常丰富的, 很能表现帝国主义侵略的本质, 也能表现工人阶级的气魄和力量。我还是想先写一个电影剧本, 然后, 不论成败都在那个基础上去搞成一个长篇。写这个题材, 我的弱点是对正面人物没把握, 须大力学习, 深入体会。我有利处是:(一)比较熟悉北方生活;(二)能看该公司过去的英文档案;(三)看英国人写的"回忆录", 并且比较熟悉英帝国主义的面目。你意怎样?

我永远记住你给我的宝贵教训: 认真、虚心。我过去太不刻苦, 太自满了。今天从头学起, 已无可自满,但要警惕。何时来京？念念。

　颂好书收到了吧？

　洁若问候

乾

六月十一日

12. 一九七七年三月十日

芾甘[①]：

几天来我都处于"待发"状态，每天把行踪预先告知洁若，以便你电话一来，她就能找到我。昨天，二十二年后，终于把握了。话，是谈不完的。要不是我在陪洁若的姐姐（她腿有毛病），剧院前见到你们，很想跟到饭店去夜谈，估计你这回要看的人太多了，怕挤不出时间（万一挤得出，就电告吧）。总算见到了，握到你温暖的手，又见到了你同蕴珍的杰作之一——小林[②]（我好像还有她小时的照片，一九五二年见过的），很满足了。

感谢你对我各方面的关怀。房子这个主要矛盾经你这么一促，估计会快一些的。今年估计会调整我的岗位——李荒芜即找谈了话，他回外文所继续研究美国小说了。这方面，我一定以党的需要为准，不强调个人兴趣。目前，今年起码，我得把 *Peer Cynt*[③] 弄出来。这是一

---

① 巴金字芾甘。
② 李小林，巴金的女儿。
③ 《培尔·金特》，挪威戏剧家易卜生所作。

朵奇花，不会因为《世界文学》不敢发表而中辍的。

昨天有几句想说，主要建议你在各种活动之余，一定为孩子们留出点时间、精力，至少是注意力。小林十分可爱、朴实，使我想到三十年代的蕴珍。她大概是中文专业吧。编辑不是看家本领，我认为编辑之余，她仍应争取多下去写点东西，也应当至少掌握一种外文。千万不要满足于发发稿而已。编辑不写作，编辑工作也提不高。这个徒弟你非带不可。还有，她弟弟，绝不可一次失败就气馁，然而一定得对这次失败做出精确的总结。我的熟人中，有的卡在体检上（脉搏由于紧张临时加速至一百二十），有的由于政审结论写得太不像话（例如，逃避劳动），有的是某一课目（如数学）差。总之，设法从招生委员会那里（现已不保密了）找出原因来，然后，针对那个原因来加强。如果他搞英语，我愿帮他改改作业。

这些年来，我同洁若可以说把很大一部分精力都放在孩子们身上。当时来说，是自己此生休矣，总希望孩子们不要一道休。今天来说，这也是为"臭老九"争争气。另外，在我来说，还是出于对他们的一种负疚心情。我们可能做得过了火，但我们一直是德智体并重的，我们这个老三萧桐，插队两年，得到县、公社、大队八张奖状。他知道非努力不可。这也是坏事变成了好事，同高干子弟的心情恰好相反。

什么是法西斯？现在懂了，就是为了几个称霸，可以完全不择手段地干，什么酷刑，什么颠倒黑白，都干得出。用作品来批"四人帮"，而且用有分量的作品，我举双手拥护。估计这是扎手的活儿。归途，我的一个想法是，不直接去写"四人帮"，这里有个投鼠忌器的问题，因为不能不写出来历；另外，局限于史实反而概括不出 poetic truth[①] 来。如果先把这十年的历史找出一条真理：假左真右，把革命当交易所来投机，贼喊抓贼，野心（Ludy Macbeth[②]式的野心）什么都干得出……然后，把他们这一伙概括进去。作品不提，甚至不影射某人，但读后能让读者准确无误地认出其嘴脸，那应是最高的艺术。甚至可以通过历史题材——如中国历代的宦官，太监，历代的文字狱，也能表达这一真理。法兰西大革命中怕也不乏这类人物吧。

所以我还是想，倘若你动笔创作时，能躲到杭州女儿女婿处，会更清静，更有利于构思。

济生[③]处，我也建议他的孩子不要一次落第即气馁。他那个牵涉更大。应当想尽一切办法减少"四人帮"加在我们孩子们身上的灾难，我认为我们这一代有这个

---

① 诗的真实。

② 莎士比亚戏剧《麦克白》中之麦克白。

③ 李济生，巴金的弟弟。

责任。

　　下回你来北京，北海大概不会这么挤了（真已经挤死一个人！），咱们在更悠闲的情况下畅叙一次吧。这回再见到，估计也是仓仓促促的。

　　祝旅安

　　洁若附候

　　　　　　　　　　　　　　　　　乾上

　　　　　　　　　　　　　　　　　三月十日

13. 一九七七年三月十三日

苇甘：

前信想已收到。我真不愿你为我这个房子问题分心，可是不幸，这几天发生了极不利的变化，不但已答应给的房子不给了，而且还要把我们这个问题推出出版局范围之外，说要我们去找市革委会落实政策办公室，也即是退回到一九七三年的状态。也不知什么人在中间作梗。我为此急得已犯了病。同洁若商量了两天，最后，我们想，既然你那么关心我们这件事，又已同王匡同志^①谈了，他的表示又是那么好，如果这么就认了，太可惜太冤枉。所以就由洁若出面给你写了这封信。你可否附一封恳托的信转给王匡同志？原来分给我们的那套房子可能还没被抢去，如果王匡同志过问一下，也许还有可能给我们。那，这个主要矛盾解决后，我们的工作、学习、生活就大大改观了。当然，我们不了解你同王匡同志的交情可不可这样做。如果你感到把文洁若的信转去为难，或者就请你再书面恳托一下吧，不过请告诉他，确实中

---

① 王匡当时是出版局局长。

途出现了阻力，出现了复杂情况。很抱歉给你添这么多麻烦。我也真是出于不得已，余再谈吧。

祝旅安

小林安

乾

三月十三日

再，听说邓小平同志九号对刘西尧同志有个讲话，其中谈到考试成绩不应保密，家长或本人可以要求看。望你帮小弟弟找出落第原因。如果是英语，我可以帮他补一补。这回口试之前，我给好几个孩子补过，有些只是一般同事的孩子。

14. 一九七八年一月二十五日

芾甘:

接你信后，我立即去"北图"把那本洋书借来，顷已挂号寄你了。收到后望由你或济生给我个明信片，以释念。此书照规定借一个月，即二月二十五日，但到日子我可以打电话再续十天，即可延至三月七日交还。事实上，迟了一二日也没关系。总之，你阅后望寄文洁若（人民文学出版社），因寄"商务"，我一周只去一两次；寄家中又怕丢。我还有个想法，对此书歪曲之处，应给以批评，以正国际视听。由你或由别人都可以。可刊在《世界文学》上，然后由 *Chinese Literature*①（有英、法文版）译出。这还可以让国外关心你的人对你有正确的认识。美国哈佛近年来大搞"五四"文学，还有定期刊物。等你读完再说吧。

谈到我们的遭遇，其实，我们早已想通（洁若比我还惨，她妈妈活活给逼死上吊，事后落实政策结论是：对"文化大革命"不理解。其实，说来可笑。她住在一

① 《中国文学》。

个街道工厂中，种了一架葡萄，为了吃葡萄事！老太太曾劝工人在葡萄未熟时先不要摘，记了仇。她本人被逼至死，而洁若本人也满脸涂墨，赤脚挨打，回机关也戴高帽斗，挨斗结果，最后结论是，什么问题也没有），其实，想到像贺龙元帅那样老革命所受之折磨，我们这算不了什么。我自己当时只能逆来顺受，所以没吃皮肉之苦。洁若则顶。斗她时，她喊物极必反，我要看到你们灭亡。当时我曾企图自杀，她悄悄告我，不能死，要活下来看到他们的灭亡。真给她说中了。真的，像老舍、傅雷，确实冤，我们活下来，就是胜利。仅仅看到十年来这群妖怪的下场，就够开心的了。老的死了，可惜；但重要的是小的。小的，受冲击不小，但也要一分为二。他们从我身上得到了教训，所以三个都狠抓政治，老大印出一本叙事诗，老三全面都发展很好。老二（女）神经受了些损害，思想上陷入过左，但她会好起来的。我们的孩子都健在，都很好，这就不简单。李荒芜的一个孩子即串连串得没有了下落，不知死在何处，如何死的。你我都见过纳粹在欧洲搞的那些可怕的玩艺。"四人帮"我看更要恶劣。一是打了"革命"的招牌，二是不仅仅把人弄死，还侮辱——喝痰盂水等等。白杨电视批斗那次打了她嘴巴后，似乎才不那么公开打了。目前出版社把"支左"人员送走后，反过来算这些人的账了。连文学出版社也有骇人听闻之事，诸如罚女同志站八天八夜，用筷子夹手指等等。外文出版社害死的人命数目还未查清，初步是二十条，且大多是先用被子包了打死，再从楼上扔下作为自杀的。现公安部派了十二名干部在追查。但，如不是让"四人帮"闹够，丧尽人心，今天这个局面也打不开。这十年，可吸取的教训太多太深刻了。那些挥动语录的，满口革命的，自称"好学生"的等等，再也骗不过人了。

至于物质损失，更不算什么了。印度有句谚语：I have no shoes, and I murmur, until I meet some one who has no feet①。我始终告家人，我们是小康局面。小康者，一、洁若年轻力壮，二、我身体、精神全未垮，仍能满城骑车，还能一天赶译上五六千字。至于住处，四个人八米窄了，但洁若从一九七三年回京，一直白天办公，晚上即睡机关八把椅子上，儿子一插队，实际上只剩下二人。最近出版局对我的住房问题也已开始注意。北京住房问题，比全国任何地方都不好解决。小平同志讲话中不是提童第周老教授三代人住一间房，黄永玉两小间全没窗户，艾青四人向人借住了一小间。前些日子，王震副总理亲自批准发还他的住房（自置的），但至今落实不了，因为已住了几家，每家都要求要比原来好才肯搬。今夏可能把三门（即崇文至宣武）的楼房建成，一百二十万

① 我没有鞋，我抱怨，直到我看见有人没有了脚。

平方米，可能解决一些人。

听说胡乔木同志目前十分注意沈从文的住房问题。学部已专向他打了报告，荒芜已亲见到那个报告，所以估计会得到解决。至于我的住房，我们已咬了五年多的牙，还可以咬下去的（我是城市贫民出身，洁若也在家道中落时过过苦日子），所以请你放心。我们确实是小康局面，孩子们好，就好。

你的一个女儿在搞文艺，另一个也体检了，我听了十分兴奋。我家的老三萧桐也已体检，他学的也是外语。他已能看十九世纪原著了。你的女儿如学英语，我愿与她用英文通信，如学日语，洁若可以帮她。几年来，我在京收了几位徒弟，如今有的已工作了，外贸、出版社、教书的，也有考上北大的。李蕤的女儿一直用英语和我通信。我愿为第二代尽点绵力。看来科技外语人员好训练，文学外语则很难，因为理解之外，还有个表达问题，即中外文水平须同时提高。我现在把很大部分精力放在培养下一代上。

还有许许多多想写的，但给你的信得克制些。

《辞海》我本只想买一本有希腊罗马神话名字的（带中、英文对照的），大概还未出。《语词》洁若弄到一套，给女儿独占了。将来你送我一本，我很感谢，但不急。还有一本，四毛五一本的，也是讲语言文字的。总之，我现在买书只着眼在工具书方面，主要为了统一译名。生物、地理等不要了。世界史及哲学的似还未出？出了也看有无中英文对照。你那么忙，不应去麻烦你这种琐事。洁若已告诫我不要再麻烦济生了。她说，你刚在上海有了关系，就麻烦个没完，她反对。她有道理。

我的《培尔·金特》已交稿，大概刊在《世界文学》第二或第四期上。我只译了第一、第五幕。中间的年内译完。《莎士比亚戏剧故事集》第一季度要出，去年出版社要写个新序。我一下写了近万字，已给朋友去看看再送出。这些年我还有几位知友，其中一位是孙用。你们不熟吧？我们本来只是泛泛之交。自一九六一年我去出版社，他一直对我极好。他和你也许是同年，已退休。他既谦逊又渊博。"文革"期间受的冲击也不小，也是个离了婚的老婆乘机报复。我还交了位诗人朋友乔羽（现正赴巴基斯坦访问），是个很有才能的人。我现在很想做点幕后帮忙的事，自己不写，能看到别人写出作品，也极快慰。姚雪垠说要写太平天国，我答应帮他找点国外的资料。

仍然希望你在百忙中不停地构思。我们都经历了以前所未经历过的事，对人生体验应更深，更富于历史的透视。活下来确实不容易，不能辜负这十年的锻炼。像赵家璧那样的人，真有的是；而且还有更坏的。陆××据说是他儿子亲手活活打死的！人有时可以不如禽兽，这以前咱们总不会相信吧！自然，也不可因而仇恨人类。如果那种人占了大多数，也不会有今天了。我活得十分过瘾，因为看到那挥舞叛徒特务等大帽子的人，原来他们自己正是。嘴巴、人皮、头衔，所有这些东西再也骗不住谁了。我希望你写一部大书，树立一幅大镜子，给当代，更给后代——祝

　　健康、愉快，身心饱满

乾

一月二十五日

15. 一九七八年二月二十二日

苇甘:

如果此信到时你还未动身,并且腾得出时间的话,有件事烦你。

刚才青年出版社的责任编辑跑来告我,《莎士比亚戏剧故事集》中有三幅铜板插图(不是锌版的),需要原书重新制版(一幅为 Hamlet[①] 中的 Orphelia[②] 之死,德国石刻,另一幅似为 Measure for Measure[③]),这都是当年你借给我的。你有可能找一下带到北京吗?

我已告诉他们,很可能找不到了,准备放弃。但万一你有可能带来,则太好了(如带来,并请到京即电我往取)。

这事太突然,他们早也没说。我是并不抱很大希望的,只不过写此信争取一下,估计你临行会十分忙的,而你的书也一定还未整理。请切勿勉强。

---

① 莎士比亚戏剧《哈姆莱特》。
② 《哈姆莱特》剧中的奥菲利亚。
③ 莎士比亚戏剧《一报还一报》。

祝你旅途平安

乾

二月二十二日

16. 一九七八年十月十八日

萧甘：

你对铁柱①真热情，已三次信中提到他那个电影剧本。他自己也要强，请几个朋友提了意见后，又重新修改了一遍，目前在誊清。容当寄上请转鸿生同志。

我的第二篇回忆录写成了，是初稿，其中有八处提到了你。你如忙，可只看看那八处（都贴了硬纸条子）。如能抽空把全文看一下，更为感激。请坦率提出意见（及对全文印象），连同这个复本一并寄来吧——能不能请小林帮你理理这类杂务？我很不忍心来麻烦你，但此文比较重要，不请你寓目，我不放心。

我身体还好，最近作了一次检查，照了些片子。可能有块肾结石（看得很清楚），结肠有一段有毛病，还在会诊中。总之，没有癌就好，旁的不碍事。希望你也经常作作检查。

我还写一篇回忆录即收摊了。现在一边写这种东西，一边在构思。"文化大革命"中间军宣队写的所有

① 萧乾长子萧驰。

东西都已从我档案中抽出。目前中央各机关听说在复查一九五七年问题（我已提出结论中不实之处）。这个问题估计解决也快。总之，得做好准备，最后再好好干上几年。一九五五年通知我当专业作家，一天也没当成。如今七十了，估计会满足我这一愿望。

余不尽，祝

康安

乾上

十月十八日

17. 约一九七九年 ①

苇甘：

昨天晤谈至畅。我原以为你只待一两天即走，所以这东西没敢送给你。现在既然你二十四日才走，也许你来得及看一遍——只有你了解其中大部分过程。请你只在不影响你健康前提下看它。如果你忙，请徐迟兄、罗苏兄或小林代看了也行。总之，我希望多听点意见再做最后的修改。看完之后，请交"作协外委会"由陈树诚同志带我即可（他住我楼上）。

国外那个剪报已另由洁若寄上了。

祝好

乾

小林：一路上好好照顾爸爸，同时希望看到你的巴黎日记，或里昂、马赛日记。第一次看到的地方会更新鲜。编辑必须有业务实践。

---

① 此信未署日期，写信时间根据书信内容推断。

18. 一九七九年二月八日

芾甘：

信收到，复制件①寄上，收后望告。我们的经济情形很好，这没用几个钱，望不要计较。

我的改正问题已完全肯定，是主管同志告我的，第一批十个人（有艾青、戈阳、钟惦棐、舒群等），目前就我所知，只有艾青拿到了新的结论，我听说日内可以发下。

我除了回忆录之外，还在编《散文特写集》，第三季度发稿。第三篇回忆录②即为此书之代序。

《史料》③还在要我催你的回忆文章。胡乔木同志一再催，这个刊物是他倡议的，目的即在刊登老作家的回忆录。

《收获》何时出？望多多保重，甚念。祝好。

乾

二月八日

---

① 美国所出《巴金评传》。
② 指《未带地图的旅人》。
③ 即《新文学史料》。

19. 一九七九年二月九日

苇甘:

信收到后立即去进行了。首先,你捐赠的手稿安在。但这不像书,是珍藏品。我"北图"熟人没洁若多,所以我只好交她继续办。幸而有你的信,等于委托书了。所以手稿取到了。第二步是如何作为急件来复制,不然得等一个月。洁若也通过关系做到了。因此,一二日内她就为你挂号寄出了,请释念。先告你一声。

有一事同你商谈一下。胡乔木最近问《新文学史料》组织老作家写回忆录事进行得如何了。他们原委托我来向你及家室组稿。你很忙。但我看到你还是为际垌[①]写了一些片断。你看能为《新文学史料》凑一篇吗?找一个与文学史有关的专题。关于你自己,关于你的友人。我建议你搞个一稿两用,即既可刊《史料》,又能用作为(比如法国这个集子)序言,如《我怎样写(家)的》……我不乱出题,但我的第三篇回忆录《木带地图的旅人》即兼作我的《散文特写集》的代序。此外,你

---

① 潘际垌当时为香港《大公报》副刊编者。

给《史料》之文，照样可以给际垌。我的斯诺文即在香港《大公报》上连载了四天（12.27～1.1）。

当然，如果你的健康有不利，我绝不强求丝毫。那完全违反我的初衷。如果有可能，并且可以一石二鸟的话，可否给我个回话？因为我们得对乔木同志的询问作出答复。

我的问题已经"作协"负责同志打了招呼，解决了（即全点了头），第一批十个人全通过了。目前在等手续，然后写个新结论，开个座谈会等等。等百分之百正式了，我一定给你去一信。一九六二年摘帽，你是我唯一通知过的人。这回意义更大。

我们很好。估计又面临工作岗位问题。我拟坚持写作，不担任职务。希望这回能做到。

请小林寄我一本一月份的《上海文艺》如何？上头有姚雪垠致臧克家一信。《收获》何时出？念甚

　　祝

好

　　洁若附候

　　　　　　　　　　　　　　炳乾[1]

　　　　　　　　　　　　　　二月九日

---

[1] 萧乾原名萧炳乾。

20．一九七九年三月五日

苇甘：

刚接你来信，知你中旬即来。有位柳杞你记得吗？《解放军文艺》副主编，现在是河北一个军分区的政委，写过几个长篇。三十年代在《文艺》上发表东西，当时名蔺风蓴。他听说我"改正"了，要我出去散散心，并可以带两个孩子，去东陵、盘山、极乐寺、翠屏山等地。说十日左右走，四五日（或三四日）返京。你来时，洁若当可告你我已返京否。你留下电话，万一我尚未归，等回来同你联系吧。你离开巴黎快半个世纪了吧，希望你有一次愉快的旅行。听说上海到巴黎的飞行时间只有九个小时！舒服多了。但你年事已高，必要的救急药务必带在身边。

我这次去冀东，将带铁柱及女儿萧荔，我们三个人都有病。铁柱眼压高，怕是青光眼；小荔是肾，我是心脏。那里有一家颇大的部队医院，我们打算好好检查一下。回京后如你还未走，一定立即来看你否则就"文代”大会见吧。

祝好

炳乾

三月五日

21. 一九七九年三月十八日

苇甘：

十五日信收到。我已返京。月底你来京，如忙，就等你返京再晤面。总之以你的便利为准。另外，关于你的《史料》写稿事，我只在信中提过一次。你太敏感了，几次信都说到此事，这回你提到"逼"的问题，你怕误会了，我替你挡还挡不及。"人文"① 今年六月将办一个季刊叫《当代文学》，说要打开第一炮的，我立即说你手中无稿，也无时间。《史料》事你可以完全不必在意。我对单复也这么说，不要催，有文章我自会寄来。总之，请千万不要感到负担，我会告《史料》不必期待你写什么。我如为《收获》写什么，也直接寄去，不麻烦你转了。望你好好保重。我自己也是如此。即祝

近安

炳乾

三月十八日

---

① 即人民文学出版社。

22. 一九七九年六月十八日

苇甘：

十六日信收到。曾问过来访的丁忱关于你的行踪，他是不是同机来的？料到你会很忙，而我最近闹足疾，所以一时先不来看你——也不知什么站下车。但这回非见到你不可，因有两件事请你帮忙：

①杨刚的女儿郑光迪来找我，想出杨刚选集。我为她写信去找文井①，已同意，我并且答应承担这个任务。第一步是把她的遗著七种收齐。她早期的书是我拿给你的，编入文化生活丛书，计有《公孙鞅》《地球上的人》《桓秀外传》。此外，她也可能送过你她的其他书，如《沸腾的梦》《东南行》《美国札记》。可否请你回沪后请小林帮忙找一下？杨刚女儿本月底去英学习（她已四十五岁，是个工程师），去一二年。我还答应为《中国文学家辞典》写个杨刚小传。这件事急一些，但也只能等你回沪后再说（除了你自存的，如见友人手中可以商借的，也望告知）。

---

① 当时严文井任人民文学出版社社长。

②想听听你对我那篇《往事三瞥》^①的意见。没料到那么多人给我写来信，王西彦、苏金伞，认识的，更多是不认识的。还没有反对的，但此文发表前，××所长本说来看看，文章发表后，不来了，说明领导阶层可能不高兴。你个人有啥意见，或听到什么，希望见告（徐盈信中说，第一节有老舍味，第二节有巴金味，第三节才是我的）。

我们很好。今夏是几年来我身体最好的一个夏天，几乎不吃药。脚的毛病是小事，秋后打算找大夫开开刀。上半年一直努力写，下半年拟把《特写散文集》编竣交稿，把 Peer Gynt 译完，然后写青少年时代。对明年比较茫然。我估计不会闲的，我很想写点国际题材的东西，或"重游……"一类散文。大东西还没想成熟。

请告我：①你那里什么站下车；②等你会开完，空闲了，请给洁若打个电话，我即前往。

复旦中文系在编你的《研究资料》，很想借看我为你复制的那本书，等你回沪，可否通过济生同他们联系一下？他们又去订了一本，看来是另一本，我也在设法为你弄。来后可以请他们代复制一下。

天热了，开会期间望多注意休息。看到你、冰心这

———————
① 收在《一本褪色的相册》中，天津百花文艺出版社 1981 年版。

样高龄友人这么多社会活动，并不羡慕，反为你们捏把汗。上次冰心上午同我一道在"作协"接见外宾，下午即去开"政协"会，太辛苦了。只有自己多爱惜一下。所以我暂时不去，也不打电话。

　祝旅安

　洁若附候

乾

六月十八日

23. 一九七九年六月二十四日

苇甘：

你一定天天在忙着开会。

今天我找出关于《三瞥》的几封信（还有一些在洁若手里）送你看一看，因为还是在你一再鞭策之下，我才又使用起自己的笔的。捆了二三十年，不是一下子放得开的。等开完会咱们聊聊吧。

祝好

萧乾

六月二十四日

信请只你自己看，姜德明及苏金伞二信较有意思。

24．一九七九年六月二十五日

莆甘：

　　信及那束信均收到。记得一九七六年你给我提出三点：一、注意身体（我天天打太极、散步，现在基本上不靠药物了）；二、译点名著（译了《培尔·金特》，另三篇即动手补充）；三、写点回忆录，我已写了四篇，只差最后一篇青少年（短篇集代序）了。这封信你对我提出新的要求，我一定努力去做。使你放心的一点是：经过二十几年这么一场，我不会粗心大意。柳杞给我八个大字：居安思危，乐不忘忧，我不会翘尾巴的。最近因为几处催得紧，赶出二文，洁若、小桐一摇头，我就先丢下了。《三瞥》写时你不在国内，但也是我的小儿子萧桐先提了一大堆意见，又送几位看过，改了又改才送出的。××可能即看了原稿不来了。第三节是有点刺，一点刺没有也不可能。不是为了我个人。来信中就有这么一对夫妻，本来是国民党送去美国留学的，一九四九年却奔回北京，勤勤恳恳工作了二十几年，一九六七年被关入监狱，几乎丧命。她（妻子）读那文①哭了。

我给你的信提的事（杨刚的书），只能回沪看吧。我已接下这个任务，一定替她编出②。我已找到七种中之二种：《美国札记》及《桓秀外传》（也是你给出的）。她女儿把一包遗物交给我了，照片、周总理及邓大姐给她的信，还缺五本。我要写个悼念她的文章。你回沪，除了自己，如向友人也问一下就感激了。

工作的事（岗位）只能等机会吧，也许"文代会"后会有安排。

你告我这个消息③，很好，但要等我去成再说。因为首先，我自己有过一次经验：一九五〇年一个早晨，本已通知派我随刘宁一去英，而且任代表团秘书。在登程（原约好由李德全的车子来接去机场）头天晚上十一点来了电话，单把我留下了。我一直如此不解。这回我不会大意。当然也不会拒绝。"作协"的外事活动我一直在参加的。我已很久不用英文写东西了，外文出版社正约我，也许再试试。

给你写的一信听洁若说退回出版社了（我用李芾甘名），出版社又给改了名发去，你收到了吗？内似有复旦

---

① 即《往事三瞥》。

② 指编《杨刚文集》。

③ 巴金来信告"作协"拟派萧乾访美，巴金信中希望萧去。

一信。

关于这次见面：①我不愿增你负担，所以如果你太忙，就"文代大会"时再见（如能与你同一旅馆更好）。②我一不知大会何时结束，二不知去你处坐何车（可能是332，去北大的？）在何站下车。如果你估计可以见了，即告我以上二项，我就在大会结束那天给你去电话。否则即下次见吧。总之，以不增加你负担为原则。我虽没你那么忙，也略尝到一些滋味，有时星期天从八点直到晚上。

祝好

乾

六月二十五日

我在瑞士及伦敦都有友人，你有什么书想找吗？特别是伦敦，有人肯为你去寻觅。

25．一九七九年六月二十七日

苇甘：

昨信想已收到。今天荒煤①来了，谈了两个小时。下午出版社开会。文学出版社"文代会"有十九名代表，我是其中之一。荒煤说见到了你两次，高兴看到你身体那么好。他谈了一下我写些什么。我提出以国际题材（如旅游）为经常，同时酝酿小说。他还谈了些鲁迅研究问题，总之，很乱。关于杨刚选集事，出了点波折。杨刚女儿给香港大公报陈凡写信，告他，已决定我编。向他借一部分书。结果他回信说他自己要编。我向杨刚女儿表示，由她去决定：①陈凡在港编，我在北京另编一本，这个办法不好。②交给陈凡去编。我个人赞成，只要能出个选集，别人来编更好。但出版社不知陈凡，也可能不同意。我可以尽力去推荐。③与陈凡合编。我个人也愿意。总之，等她来决定再说吧。你如找到材料，请仍寄我。将来如果他编，我就全部转给他——杨女儿已把杨一些（一小包）遗物交我了，有照片，也有总理、

---

① 即陈荒煤。

邓大姐给她的信。总之，只要能为她出个选集，并尽量出得好一些，谁编都可以。我认为编此集，主要还是为了保存杨的文学成就，教育后代，并为文学史家们提供资料。

　　祝好

炳乾

六月二十七日

26．一九七九年十一月三日

茆甘：

你好！我这是利用联合国我代表团的信使给你写信，可以快多了。我们这次出来①，完成的任务远远超出计划。"中国周末"结束后，美国各大学纷纷要我们去"讲学"。我这是刚从康奈尔大学演讲回来，下午即去耶鲁大学，而且住在充和家中（第二天即去访问第一位斯诺夫人。她的功劳比后来那位大多了，然而今天很潦倒，生活同贫民差不多，但她仍有许多理想、抱负、意见，我来美主要想写写她）。六日去哈佛大学演讲，底下还有芝加哥、威斯康辛及密执安，十一月十七日回爱荷华小休，即再赴西岸去讲，主要宣传"四人帮"垮台后国风，尤其文艺界各种新气象。

我已为你寄去关于你的那本传记，是芝加哥一位朋友割爱的。我可能见到作者本人，如能见，即让他自己再送你一本。

《收获》登台湾作家的东西极好，文艺在和平解放台

---

①　1979 年秋赴美国爱荷华国际写作中心。

湾的大业上，很可以发挥作用。

再谈，此信系由信使寄，既不能写长，时间也很紧。

祝好。

乾

十一月三日

27. 一九八〇年一月十六日

苇甘：

你好！我昨天同毕一道回京了。我们是十二月二十四日离开旧金山的，抵港后，新华社分社给我们安排了一系列的演讲任务，因此，勾留了两周。在广州少不得又得讲一下，呆了七天。总算回来了。这次收获很不少，正在准备总结——然后，不少单位已约好讲美国之行，估计要大忙一阵。等一腾下手来，想先给《收获》写篇东西，还上债。四月中旬，聂华苓将偕丈夫来华，研究今后中美文艺界合作问题。此信只是向你报报平安。自美寄你的书，收到了吗？

匆祝

好

济生、辛笛等兄代问候

乾

一月十六日

28．一九八〇年三月十日

芾甘：

《随想录》《往事与随想》均拜收。《随想录》香港寄来后即一口气读完了，当时很想给你写一长信，只是那正是我大忙时节（现在也还未完了），有时上午给"政协"，下午给军委总政对台演讲，所以一直未写成。最近《人民日报》催我的稿子，只好逃到西山八大处柳杞家里赶了几篇小文①。今天进城，同时收到你的书和济生的信，知你月底来京，我一定来看你一趟。

《随想录》凡读了的人，都十分感动。这里楼下有人向我借了去抄——如今你题赠本寄来，我决定把那本送给他。

我这次为《人民日报》写《美国点滴》，很受你的启发。我本可以采取较保险的办法，要么只写阴暗面，要么写点纯游记。但我认为那样是对读者不负责。写东西只要心放得正，还得有点儿"豁出去"的劲儿。所以我

————————

① 萧乾于 1979 年 8 月至 12 月在美国访问、讲学，回国后在一些单位讲美国观感，并应《人民日报》之约写《美国点滴》十篇，于1980 年 3 月 17 日开始连载。

还是采取了冒险的路子，写国外可是针对国内。其中第五则《上与下》，家人直担心。我提先给《人民日报》看了，他们一再说可以，说并没我想的那么严重。自然，刊出后（"老舍童年"登完即连载，肯定在你出国之前）且看读者如何反应了。

上次小荔①去看你，承你接待她，还送她书，甚感。当时还希望她认识一下小林的。反正她本人在治病，也无时间去看人（还得自己做饭），就让她在上海治去吧（说要一两年才回来）！她也是"文革"的受害者，没疯，但搞得一身是病。

好，一切面谈吧。祝

康健

炳乾
三月十日

---

① 萧乾的女儿萧荔。

29．一九八○年五月五日

蒂甘：

歇过来了吗？读了《八方》上李黎的访问记，知你计划写八本书，十分感动。得努力向你学习。《开卷》有个我的访问记，你看过吗？

这里给聂华苓的信，请见到她时转交吧。我写的那篇关于她的文章见到了吗？我目前正为《新观察》复刊号（七·一）写一斯诺前妻海伦的访问记，是我去美的主要收获。三十年代是她为支持抗日而冒种种风险，结果，一切荣誉全归后来的夫人了，而她则贫困孤独，我很不平。所以走之前即立意要写她。已写成一万八千字了。写完此文我即写叶维廉，然后写青少年（写完即寄给小林，为《收获》），同时，香港"三联"在等着我的书稿。

我现不知给这本书起个什么名字。一半是回忆文章，一半是访美文章，二者是两个不同的主题，用《回忆》《随想》均不合宜。想叫它作《复苏集》（一九五七年后死而复苏），家人说太露骨。实在不得已就叫它作《未带地图的旅人》，但又不太好，因是书的序言。你如有高见，望告。

华苓希望你明年去爱荷华，我也希望你走一趟。不会比日本累。她会照顾人的。小林也逛逛美国多好！我可以介绍一些好友给你的。

匆问

著安

炳乾

五月五日

30.一九八〇年六月十日

芾甘：

此信请不必复，我无意增你负担。

写此信主要是这一点：聂华苓仍希望你明年去爱荷华（今年是艾青夫妇及王蒙）。安格尔夫妇都要我敦促你，说①连小林一道请；②去了之后尽量给你安静的写作条件，不会像我那样到处奔波。你看呢？明年大概可以从上海或北京直接飞，十几小时即到达。五月花公寓十分舒适，便当。你也可以另住个地方。但"五月花"有各国作家，是个小联合国。住多久随你便，有些作家去二三个月就走，也成。华盛顿、纽约有些展览馆真大有看头。美国有些研究你的学者可以当面向你请教一下。你走过欧洲多次，走这么一趟，就"拥抱"了地球。

还有一年时间可以考虑。她①让我帮你打消顾虑，不会太累着你的。明年上半年你考虑好了，可以直接或由我透给他们，然后他们提出邀请。

还有，可以买不少书。美国各地均有旧书店，很新

---

① 指聂华苓。

的书，很便宜，他们管运。我买了不少。这个瘾可好久没过了。国际写作计划给的生活费足够买书的。

　祝好

　　　　　　　　　　　　　　　　乾

　　　　　　　　　　　　六月十日

31．一九八〇年十一月一日

芾甘

小林：

你们好!

聂华苓寄来一篇稿子，要我转给《收获》，因为文中谈的这篇作品原来是在《收获》上发表的。另外，她写此文还有个重要意义，就是要开展海峡两边的文艺"对话"（不能总是寒暄，谈些大而无当的"前途"）。她想海内外同行双方就小说写作认真交换一下意见。如芾甘在沪，务请写个信给编辑部，尽早安排。

我目前在住院，先检查心脏，然后决定肾结石开不开刀，我很乐观。在医院中还在修改《梦之谷》，因为广东人民出版社要出它。我答应十一月中旬交稿，所以明年的五本书，十一月内全可以整理完。然后即扫尾翻译，以便早日投入创作。

华苓文如何处理（大概何时可安排）望回我一

信——更好是直接给她一信，由小林或编辑部回即可。

　　匆祝

康健

　　　　　　　　　　　　　　　　　　　　　炳乾

十一月一日友谊医院

32．一九八一年五月二日

芾甘：

你托辛笛带的话，他带到了。这三四年，我从不出门看人，来看我的人也不多，是很想跳出任何漩涡写点东西。

目前，我一边同病魔斗争，一边在赶译《培尔·金特》（上次只译了一、五幕，现正译二、三、四幕）。出院快两个月了，大夫出诊三次，我去医院四次，不断有情况，不是管子①从伤口中溜出来（即是一场危机，已发生三次），就是漏尿，或尿道不通，每次折腾后，即得发高烧数日至一周。洁若也觉得不是长远之计（我还是托人从香港带来的日本进口管子）。

上半年挪威、香港之行全推掉了。明年威斯康辛就矛盾了。万一到那里体力不支，不能讲学，坑了人。反之，万一出去能就医把这个问题解决一下，那以后日子就好过了。因这次证明，我的心脏基本上是好的。七月

---

① 1980 年萧乾开刀取肾结石后，尿道不通，改用肾管导流，十分痛苦。

间我要偕洁若去避暑山庄休养一下。

请告小林，最近这期我在天津《散文》上发表了一篇为姜德明《清泉集》写的序，内容是针对她的①，希望她不要当个"纯编辑"。赠阅的《收获》已收到。我一定会有所报答。

祝康健

乾

五月二日

---

① 序中说，当编辑一定要搞些创作，才能提高。

33．一九八一年六月二十四日

萧甘：

你好！电视节目我们全家都收看了，十分亲切。辛笛来时，也略知你近况。有件事要向你报告。年初，周策纵自美来信，邀我去威斯康辛大学讲学半年。当时我刚开刀，还躺在床上，而且我也不善于教文学课。但同时又接到旁人来信，说美国大学的中国文学一向只讲到一九四九年，这次威斯康辛找我去，主要是讲讲一九四九年以后之文学，是个新的变化。另外，美国大学文史课一向只请港台人士，不请大陆的人，这也是个新起点。所以我还是把周策纵的邀请函交给了出版社领导（再转文化部），并表示如去，只能由洁若陪同。三月间，出版社通知，同意我们二人去，这时我才回复他，表示可以考虑。最近收到该校正式聘书；并由系主任倪豪士来我家访问。他先解释一下薪水给的较低（一万元，不给路费，则刨去二人来回机票，扣除所得税——联邦及州的，前者为四分之一），是因经费紧缩。但功课由我来定，并谈了些生活上安排问题。我考虑此行不是什么学术工作，实际是做一次国际宣传，甚至是为外文出版社的推销工作。从公的方面来说，对国家还是有利的。从个人来说，洁若与其大姐①已相别三十余年。洁若这些年为我吃了不少苦，也应让她散散心，开开眼界。同时，可以见见我们的老三萧桐。所以决定还是接受这一邀请。今天才发出复函，打算于十二月间赴美。一月中旬开学；五月中旬即结束。四个多月，转个圈儿。归来后，再不出国了，拟认真试着写点小说。

过些时，我拟给"作协"打个报告，少不得还要把你也作为写信对象，目的在于希望在资料上得到些支持。你如给"作协"写信，可否顺便提一下此事？我与洁若七月十日赴承德小住，最多一个月，很可能去不几天，就回京。打算回来再写此信，这一封是作为老友向你报告的。

我的情况还稳定。左肾插着管子把易卜生的《培尔·金特》（你所不喜欢的作品）译完（共十一万字），写了个前言（六千），了结一桩心愿。《一本褪色的相册》不久可寄给你，我手中目前只一本样书。《梦之谷》及《栗子》均由广州在排印，最近也可以寄到。首先当寄给你。没想到它们在三四十年后又复活了。两书均是在你的鞭策鼓励下写的。不知你处有没有"文化生活丛刊"版（不是《现代长篇小说》版）的《梦之谷》？能送我

---

① 文洁若大姐文馥若在美国。

一本吗？再者，你觉得美国所出《家》的译本（即我上次寄你的）如何？那边要求我开书单让学生购买，《家》当然要列入读物的。不知外文出版社有无译本？

我们很久未见了。你来京太忙，同时，我因这个管子，大夫不让挤汽车，我一般也不向出版社要车。三十年代在上海几乎天天见面，如今只好靠笔谈了。希望你多多保重。我觉得早晨写东西比晚上写对眼睛更好一些。看你们一家（在电视中）吃饭，人丁还是很兴旺的。小外孙十分可爱。

匆问

近好

洁若附候

乾

六月二十四日

济生心情好些了吗？他的情况如何？如来信望告一下。

34．一九八一年九月七日

芾甘：

辛笛来信，说你要来医院看我。我写此信，一是感谢老友这番美意，二是希望你还是以全副精力应付这场战争①吧。你一定很忙，况且我第二次开刀很顺利，伤口已快长好，今后不再需人看护，只少了一只肾而已。不如你自巴黎返京后，我那时也出了院，我们再好好聚一下吧。你看如何，我这里医院的电话是 33.1631 — 438 分机。你自巴黎返京后，请给洁若打个电话。

《梦之谷》也重印出来了，还插了图，封面一看，活像本"艳情小说"！等精装本寄到再奉上。我在考虑今后写什么，如何写。

　祝
一帆风顺
并问候小林。洁若附候

---

①　指出席国际笔会。

炳乾

九月七日

你回来后，如有时间，来天坛半日如何？

35. 一九八一年十一月十日

萧甘：

济生可能已经告诉了你：前几天梅朵突然接连两天给我打电报，要我为《文汇月刊》写回忆你的文章，要"万恳同意"。我一点也不知道为什么这时（他限我月内）要我写此文章①。我是有许多要写、可写的，然而我转一想，我们认识得早——一九三三年，可是除了三十年代那两年我们天天在一起，以后也许黄裳、柯灵他们更了解你。我回了他一信，同意写（因为我对于这个题目是热心的），但要他告我为什么此时写（又没得诺贝尔奖）以及还请了谁写（我希望有黄裳、柯灵、辛笛）。我还没接到回信。

我同时做了两件事，在第一件上就碰了钉子。

我给济生写信提了几个问题（现在看来至少在"平明"这个问题上，以及×××，你绝不会同意的，尽管

---

① 梅朵说是小林点我的名，后来我又问他，为什么要写巴金，他说：一、刊物一直用女性作封面。二、他刚好拿到幅巴金的彩色照片。——萧乾注。

我要不指名），又给小弥①写了信，问她及她弟弟前些年的情况。她的回信（我要送交——以后——现代中国文学馆②保藏）太感动我了，使我感到自己知你还不够深。她的信中说：

> 我爱李伯伯像爱自己的父亲一样，他的话我是要听的。他不喜欢我们写他，也不喜欢我们对报纸杂志谈及我们和他的关系……

谈到你如何嘱咐李致③，等等，总之，她严格照你要求的，什么也不谈。

你是在雷锋没出世之前，早就在那里做雷锋了。

然而这下我为难了。倘若我了解这些情况，倘若你也向我打过招呼，那么梅朵打十封电报我也会不为之所动的。如今，我答应了他之后，才了解这一点，可怎么办呢？为此我已两宵失眠。昨夜一点多醒了就再也睡不着。总感觉你头上的筋都绷起，在向我大声疾呼。起床前我本想给梅朵打一电报回绝了他，宁可失信于他。

你也可能制止我写此文。你有此权利，而且我也一

---

① 马小弥，马宗融的女儿。
② 应为中国现代文学馆。
③ 巴金的侄子。

定像小弥那样严格照办。如果你不制止，那么在分寸上，在提什么不提什么上，我要重新考虑。我绝不写使你看了怫然的文章。可是怎么写，我实在为难。比如，我讲文化生活出版社对新作家的扶育，我是讲给当前文艺界听的，会有些好处，为什么不讲一讲呢？你在《随想录》里不也谈过丽尼、雪峰、靳以吗？自然，他们都已故去，但梅朵偏偏这时约我写，怎么办好呢？

我现在初步想：

（一）还是假定你不制止我，还是把它先初步写出，或送你看过再交梅，但为了时间，也许更好是复写两份，同时寄给你，并在给梅朵信中声明不是定稿，不能发排，等定稿。

（二）如果你来信制止，我就只好去失信。但我认为可惜，因为我觉得此文对于提倡"精神美"会有好处。你能从大局而不从小局考虑吗？

"人大"和"政协"说是本月二十五日开会，上次我提的那个见面方法怕不现实①，因为你不但是"人大"，而且是主席团成员，在台上，与丁忱不同。想起三十年代，如今见一面真难呀！我想那时我们约一天，我坐"人文"②的车来看你吧，只要管司机同志一顿饭就可解决了。

---

① 萧乾原想约他在大会堂的大厅见面。
② 人民文学出版社。

不必在"人大"会厅里那么狼狈地见面了。关键是你住定宿舍之后给文洁若打个电话,告诉你的旅馆名、房号码、旅馆电话号码。你如不能一下子指定时间,我有了你的电话号码,即可联系了。

我目前正在编《杨刚文集》,已选出约二十五万字,还得约人写点悼念文章。本应也约你写写孤岛时期的她,怕你太累了。《新文学史料》上拟搞个特辑。

我虽是独肾人,体力恢复得不错,几乎能像从前那么工作了。我译的 Ibsen's *Peer Gynt*[①] 全剧五幕,将由《外国戏剧》(十二月号)一次刊出。那刊物你有吗? 我还是十分喜欢它。

祝好

洁若附候

炳乾
十一月十日

茁甘:这是我最后补写的一句话,也即是代表我较成熟的看法。

当我刚接电报时,我很想写此文(我最怕编辑同志定稿定时,而梅朵这回二者皆定,但我无反感)。我觉得应当写好此文,所以把一切都放下来,准备写它。

---

① 易卜生的《培尔·金特》。

但接小弥信后，我犹豫了。因为做一件好友所不愿意的事，最对不起好友。所以我的稿子上写好《巴金——挚友、益友和畏友》之后，我一直未再写什么。

倘若你制止我（你有此权利），我绝不会不快。也许你还把我从一困境中解救出来。正如我给小弥复信中所说，写一位不许人称赞的好人，太难了，简直没法着笔!

最后：写完此信接梅朵来信，知是小林点的名。啊，两宵的不眠是多余了。答应你一定写得①不庸俗，②不夸张，③真实真挚。稿复写同时寄你。

36. 一九八一年十二月二日

萧甘：

你身体好！可惜我没带望远镜，不能从二楼[①]看到你。

我也是一来即打听你们主席团的住址，一听说在丰台，我就预感到这次见面恐有困难，而且车子不像我以为的那么容易解决。好在我们可以写信，也可以通电话。我刚才给你打，确实不好打，总是占线。所以最可靠还是写信吧。

我目前住在友谊宾馆，与吴祖光合住一套。我属三十三组（国家特邀组）。我们十二月六日休息一天。我原计划那天去看你的，现在只好作罢了。

主要想告诉你梅朵约的那篇东西[②]：

①你改的，无论大处小处，均百分之百照改。尾巴另写了，现随信寄你一看。如不同意，请尽早告我，我再通知梅朵。我估计你是可以同意的。

---

① 指在人民大会堂举行全国"政协"会议时。

② 指发表在《文汇月刊》上的《挚友、益友和畏友巴金》。

②另改了几处，是姜德明等提的，我估计你一定会同意的。

a. 在一九三三年你与郑振铎北上那段，先提一下鲁迅已于一九三二年来过北平。这样，京海派的沟通，鲁迅是先驱。

b. 原写咱们对两个口号"不感兴趣"。他们认为不妥，也矛盾，因后来还是签了"革命大众文学"。现在改为当时认为是进步文艺界内部的分歧，我们都没参加论争，更合乎事实。

c. 关于圣泉①牺牲那段，我原写他被押上日本宪兵的卡车，显然与事实有出入，我也看了你写的圣泉之死，现改为他被日本宪兵杀害，未再写细节。

现在经四位，首先经你通读过，我放心了。姜德明信中认为我把你的人格、作人、写作的态度写出来了，这我不敢讲，我只是照直写的。

祝你

旅途平安

问小林好

洁若附候

炳乾 晨

十二月二日

———————

① 文化生活出版社编辑、散文家、翻译家陆蠡。

萧乾 [1]:

　　信收到。你写我，我同意。只是（一）请不要多讲好话，不要夸大什么，因为人们知道你我是老朋友；（二）少讲别人坏话。你能用你那支独特的笔写点什么出来，拿我做材料写篇好文章，我也欢迎。不必管我自己看不看。听小林说梅朵找茹志鹃写了一篇，说是要我看，我不一定先看了。到北京后电话联系，那是另一回事。

　　祝

好!

芾廿十一日

　　问候洁若

―――――――

　　① 一九八一年，上海《文汇月刊》主编梅朵突然接连来了三封电报，要我为他赶一篇关于巴金的文章。我写信征询他的意见，因我知他生平最恨人吹捧。这是他的回信。——萧乾注。

37. 一九八一年十二月十二日

苇甘：

　　本想为了见你一面去参加星期天的晚会，但交通工具实在困难（我已于十一日下午回家了，在医院里无法工作）。还是在十八日的"作协"开理事会时见吧。那时也许能多谈上几句。

　　梅朵的信来了，看来他们对文章很重视，为了它先后打了五个电报。稿子我是花三分邮票寄去的。

　　李致要我编个四卷文集，可惜有些自己的书没有了，如《书评研究》《灰烬》。你回沪后，如方便，可否帮我找找看。不急，我下半年才能动手。

　　你搬进城后，请告洁若你的住址及电话。倘你也住北方旅馆，自然就更方便了。

　　祝

旅途保重

炳乾

十二月十二日

38. 一九八二年六月四日

苇甘：

接你六一信，知欠安，甚念。平时总是辛笛、济生他们告我你的近况。我只知你去杭休养，不知又动了手术。动手术，我可是过来人。去年两大手术。小手术也要失血的。所以手术后，一定要想尽一切办法补。半年来，洁若和她姐姐为了替我补，真想尽了一切办法。有阵子天天吃个王八。后来吃腻了。为了求精，我时常不吃主食，完全吃副食。而且我很刁，不能接连吃一样。她们就来回调换。现在才补过来了。希望你也抓这个"补"字。

信，最好请小林代代笔，你身边不是有好几位可以代笔的吗？朋友们都会了解。

此信就不要回了。我写信总写给济生或小林。重要的信，皮上写你，里头仍写她，这样即让你不觉得有亲自回的必要。

祝

早日康复

洁若附候

炳乾

六月四日

39．一九八二年九月一日

萧乾：

为了陆蠡照片事，你一连写了两信。鲍霁①已收到了，请释念。

我从东北回来，一直很忙。对外广播（用英语，迎十二大），写些零碎文章。但我也赶出一篇自己的文章，题名《一个乐观主义者的独白》，已给《当代》，将作为文集的代序。我是在你的《探索与回忆》启发下写的。

十一月我们在北京也许能见面吧，你开"人大"，我开"政协"。至少可以在电话中谈谈。你抵京请给洁若去个电话，咱们就可以联系上了。

不要回信。我很好。望多保重。

祝好

洁若附候

炳乾

九月一日

---

① 鲍霁（评论家）当时正在编《陆蠡散文选》。

40．一九八三年一月二日

小林：你念给爸爸听听吧，你们二人都不必回信。

苇甘：

谢谢你在病中题赠的《真话集》。我当天（元旦）就把它一口气读完，感到兴奋、痛快和温暖。九月间我写过一篇《一个乐观主义者的独白》（见本期《当代》），就深感说真话之难。我写了又砍，又涂改，许多话我还是拐弯抹角说的。也许我永远也不会有你那样的勇气。

艾青夫妇以及洁若与我定于十三日赴新加坡了，现正在加紧准备。五月本说去挪威，现在有个以王炳南为团长的代表团赴美参加斯诺的什么纪念活动，也要我参加①。回来再定吧。八月偕洁若访美讲学已肯定下来了，即是说，已经文化部批准。一九八三年奔波这么三趟，以后也想学你，尽可能不再出去了。

八个星期那样躺在那里（姿势固定，行动不便），真够你受的！但我从小林信中看到你的心情是开朗的，兴

---

① 萧乾谢绝了，未去。

致也是好的。望你今后行动务必多加小心了。也许还是挂个棍子的好。

　　祝你

　　早日恢复健康，在新的一年里更年轻，活得更起劲。

炳乾

一月二日

　　洁若附候

　　小林：我的信均由洁若经手。她将选些邮票给你。

41．一九八三年二月二日

芾甘：

我们回来了。华苓托我给你带来一盒硬果，另一盒糖果是我们送你吃的。所有朋友都在关心你的情况。幸好走之前小林给我一信，说你已拆掉石膏，大家听了都十分欣慰。

归来，看到四川寄来你的选集十卷。这当然是你嘱他们寄的。我有个奢望，想请你在第一卷前为我写上几句话，以纪念我们这半世纪的友谊。这书我是要传代的。你行动不便，不急。书放在你处。什么时候你闲些、方便些、有兴致些，就请你写吧。不必另外写信了。

我们这次收获不少。主要是给那里的华文撑了下腰。东南亚华侨真惨。印尼、马来西亚都在使用比英、日殖民者还要野蛮的手段来消灭华文、华语及中华文化。新加坡那里好一些，因为华人占 76%。华语情况还好，华文也岌岌可危。他们在艰苦挣扎着。马来人要他们忘本，而华人不肯忘本。这个斗争可尖锐了。我们绝不可等闲视之，所以我要像一九八〇年回来为台湾文学呼吁一样，要为新、马文学做些宣传。

　　即问

康安

　　洁若附候

　　　　　　　　　　　　　　　　　炳乾

　　　　　　　　　　　　　　　　二月二日

42. 一九八三年八月二十八日

芾甘：

今天周颖南^①君来，才知他即将去沪看望你。我一时想不出带点什么给你，同时，我后天出国（与洁若偕行，三周讲学，当客座教授，两周探亲），签证、机票全未到手，不敢走开。刚好昨天港友又为我带来两包 Vitamin^② H–3，分一包给你，托他带上。此药是女儿小荔在成都听医界人讲，对老年人如何好。我托人弄了两瓶，服后①食欲比以前振，②睡眠比以前好，基本不用安眠药。如你尝试服，并也见效，可托潘际坰从香港替你买，国内尚无此药。

我们很好。这是第二次与洁若补度蜜月（结婚时，连半天假也未请过，没有一个客人来看我们，只有文井^③送了一盆菊花）。这回她可与阔别了近四十年的大姐会面了。从新加坡归来，她写了九篇文章，这回也由她一个

---

① 新加坡作家协会主席。

② 维生素。

③ 严文井。

人写去。

回来再写。望多多保重。

祝福

《培尔·金特》今天寄出了。

炳乾

八月二十八日

43. 一九八四年七月十八日

苇甘：

我一直不直接给你写信，就是怕你又亲笔回。这次你也可请小林代笔。

洁若同我将于八月四日去访问欧洲了。最初，只是挪威根据中挪文化协定，通过文化部请的。一九八一年他们就请过（那次还有秦兆阳），所以并不是因为《培尔·金特》。不过由于《培》剧，这次去，已通知说，国王要接见。

西德及英国听说我要去挪，就也来邀请。尤其英国，三个团体来约去演讲。但是都未请洁若。现在为了照顾我，由中挪两方各出一半旅费，让她也偕行。西德十六天，挪威十四天，英国三周。

此去，除了学术演讲（如"《培尔·金特》在中国"），还要去参加英国汉学家年会，在会上我将如在新加坡那样提出：中国自"五四"以来，一直认真研究西方文学，各大学设外文系，如今又有英、美、日、拉等文学研究会，社科院有文研所，全国有二十个刊物专登翻译，而对中国现当代文学西方并不认真地系统地研究、翻译，只从政治着眼，谁的作品一受批判，或有持不同政见色彩，即介绍，否则宁把力量放在十八世纪的中国小说上。这样对于增进了解是没好处的。我们不在乎Nobel[①] 奖金。但那个奖金基本上是只认西方作品，无视中国。

此外，还得向一些文学圈外的人谈开放和改革。

写此信是问你：有什么想要我为你带的没有？书，或药，或旁的（海关不为难的）。请便嘱小林来一信。华苓十分感谢《收获》将连载她的新作。

祝

康安

洁若附候

炳乾

七月十八日

---

① 诺贝尔。

44. 一九八五年二月二日

芾甘：

今天给你寄去一盒巧克力。本想从槟城给你带点芒果，临上机前，几个人都说，海关过不去，到了北京再往上海寄，尤不可能。这巧克力牌子是荷兰的，其实是华人办的，是我们参观后奉送的。那个大富翁当年揣了一毛钱到的槟城，如今除了巧克力厂（东南亚最大的），还开三家报馆。

我们（秦牧、姚雪垠、洁若）是一月三日飞抵新加坡的，十日他们二位飞港，我们去了 Penang①, Malaysia②，那里的华人不许去大陆中国，中国人也进不去。我们是在极特殊情况下去的。那个州的首席部长林苍佑是我在英时的好友，华人，见过邓小平同志，他得到了马来西亚总理的特准。

我们一切粗安。去年前年去美国及欧洲算是此生

———————————

① 槟城。

② 马来西亚。

的 Fare-well trips[①]，向老友们告了别，这次是为了去 Malaysia，洁若也过够了瘾。今后我要学你，一般邀请就尽量谢绝了（已谢绝了菲律宾），更要学你坚持写东西，译东西。今年六月洁若赴日进修一年。我即动手试写个长东西了。我努力不辜负你对我几十年的期望。

从《时代》报（见巧克力糖盒底）知你已完成了第一个长篇。为你祝贺。写长篇，没有坚强的意志不成。我就缺这个。我得逼逼自己。望你好好保重。你种花吗？我从英国带回了点花籽。

祝好

洁若附候

炳乾

二月二日

---

① 告别式旅行。

45.一九八五年六月十九日

请勿回信，让小林念给你听吧！字太小。

苇甘：

上星期去国际关系学院开英国文学研究会成立大会。从抵达到走，小弥一直陪伴我。她告我你最喜爱的一本书是 *A Tale of Two Cities*[①]，她要译出来庆你的八旬大寿。我找到一本台湾译本（他们译的书很不少），先请你看看，让你晓得已有了这么个中译本。翻翻后请小林寄给小弥做参考吧。

在小弥处看到了她弟弟关于你的手术详细情况的信。希望已痊愈。多多保重。

想向你讨一本四川出的有你速写作封面的《创作与探索》，还有吗?

祝好

炳乾

六月十九日

---

① 英国小说家狄更斯的《双城记》。

46．一九八五年九月十二日

苇甘：

信收到了，感到温暖如春。

器量问题我一定注意就是了。才华超过你，则万万不敢当。幸而我对自己有个清醒的估计。重版《梦之谷》前，洁若又发现了漏洞。我简直不会组织。写不成像你那样人物众多，各个生理和精神面貌不同，并能触动万众青年心弦的巨著。说实在的，从文也只写了《边城》。不，你还是大师，我是小徒弟。我觉得倘若一九三六年我不去上海，不与你朝夕聚首，而继续留在北平，同那些教授学者们相处，我会距时代更远，更没出息。随着岁月的增长，我越来越认识这一点。因为我也不是当学者的材料，不像之琳①、林庚，结果，必然是半瓶醋。同你接触后，我初步懂得笔，不论多么拙，应当为谁，为什么使用。我没堕入唯美的坑去，多亏了你。知道自己写不成长的，就写短的；没条件写文艺作品，就写报道。这是我在写《我与文学》时就立下的志愿。这些年，你，

① 卞之琳。

特别是你，在督促我再写点文艺作品。如今，洁若去日一年，这一年（已过去三个月了！）我无论如何也得动起来。玻璃板下你的信①，每日早晚都在瞪着我——用温厚的目光。

有人从香港给我带来一盒饼干，昨天寄给你了。我这里也有的吃。目前我养了五只乌龟，每天还得为它们张罗小活鱼。它们真是可爱，一声不响，真安于寂寞。不要回信了。

祝你长寿

写字吃力，最好就尽量少写。至少信皮不必自己写吧。

萧乾

九月十二日

---

① 巴金在 1978 年写信要萧乾再写两本书，翻译几本书，注意身体。看来全做到了。

47．一九八五年十月二十日

芾甘：

读到你给无锡小孩们的信，十分感动。

一直不敢给你写信，但这回非写不可。因为旧金山州立大学中文系主任，美国现代中国文学研究中心、《萧红评传》作者，《生死场》《呼兰河传》的译者葛浩文要翻译你的《第四病室》（见他原信）。一个出发点是：他认为你之所以未获诺贝尔奖奖金是因为你的作品外文译本数量少、质量差。他很想努力译你的小说，以这一本为开端。他保证译得好，出得快。他希望得到你的同意。

一九七九年我访美时见到他，一九八三年又见到。一九八二年他又来过中国，去了萧红的故乡。在美国人中间，此人的汉文程度肯定是最好的——他不但能读、能说，并且还能用稿纸一写就是几千字中文文章。他送我书都写"萧乾兄雅正"等等。所以估计他不会译坏。

请给我个回信，以便我回复他。我不给他你的地址。以后翻译过程中有什么问题，统由我转。我想你会同意他的。

我近来大写起文章。长篇动不起来，我先零敲碎打吧。十月里写了两篇。一将在《北京晚报》连载。等出书你再看吧。

祝好

炳乾

一九八五年十月二十日

明晚在新侨饭店举行开明书店六十周年纪念。可惜叶老[①]病在医院。听至善兄说，视力很差，看人模糊了。望你保重，包括视力。

[①]　叶圣陶。

48. 一九八五年十月二十九日

芾甘：

这是一封不需要回的信。

接到了你的信，又受一次鼓舞。葛浩文处已复信了。不知《中国日报》寄没寄你这个报道——是无锡的小朋友们对你那封热情来信的反响。未看到中文报纸的报道。

昨晚我去看张定和的舞剧，见到了兆和①和小龙。她瘦多了，身体还好，还挤汽车夜晚出来看演出呢！她说，从文好多了。扶着可以室内散步。

听黄永玉说，胡耀邦总书记批下，要为从文改善住房。又听说，打算在崇文区一座特高级楼（专住革命遗孀的）中给他一套五间的。但看来还未落实。

小龙、小虎均在北京，小龙的儿子（从文的孙子）已上中学了。所以他晚景还不错。

我现在自备了几种健身设备，供你参考：①一个沙发垫，放上电池，它会颤动。靠着坐，等于轻度按摩。②买了个（台湾出的）按摩器，共三档。第一档颤，第

---

① 张兆和，沈从文的妻子。

二档热，第三档又颤又热。可以在脸上肩上，任何地方用。③一种塑料小圈，十分厚，专锻炼手力。我每天两只手各捏五十下，很好的锻炼。④一个小塑料垫子，上头全是尖刺，人站在上头，可以刺激血液循环。我每天在上头练几分钟。

你如有决心锻炼，我可以去搞个台湾按摩器及那手圈寄给你。也许上海这种东西更多。

另外，香港有一种专为老年人用的药片，叫 Vitamin H-3。我还吃一种"青春宝"。总之，在用一种办法多活些年，多写点。希望你不要嫌麻烦。我认为你的手指应多活动。不一定写，但一定要多让它活动。肢体无论哪部分，一不用就退化。尤其脑子。所以"养"过了头也不一定好。

最近香港中文大学及美国纽约大学都来信来人约我去讲学。洁若不在（她明年六月才回来），我都谢绝了。他们表示，明年还要请，随他们吧。望你多多保重。

祝福你

炳乾

十月二十九日

49．一九八六年二月十四日

芾甘：

不得已给你写此信，但你不一定要答复。

四川人民出版社又送来一封油印信，还是说你已同意由他们出你的书简集，负责收集的仍是那位龚明德君，要我把信全交他们。

我正在为现代文学馆整理捐赠书物资料，我索性把你的信先整理出来。共计四十八封，我对有些信加了注，以免读者误会。我大致把它们分为几类：

①鼓励我写东西者，十二封（最多）。

②关于黄源及我的右派改正，二封。

③关于我赴美事二封。

④关于复制事三封。

⑤关于其他文章（包括对"猫"[①]文之批评）三封。

⑥关于树藏[②]三封。

⑦关于《文汇月刊》文，五封。

---

① 指萧乾所写《猫案真相》。

② 王树藏，即"小树叶"，萧乾的前妻。

⑧关于生活（我的住房问题）及工作等，十八封。尽管你写信困难，我也尽量克制不写信，数目还是很可观。

我将要求现代文学馆：

①为我们二人各复印一份（你的由他们直寄），原件他们保存。

②今后再有人来向我征求你的信，我就请他们问现代文学馆，而文学馆给什么，都需要有你的同意。

这样，一不致散失，二不致为人所滥用。

东西尚未移交给香香①，你如有意见，望告。你如无信，我就认为你同意了。这是我考虑最妥善的办法。

香香将来我家工作几天，最后，把东西一道用车拉走。这是我对现代文学馆第一步的支持。

我还将帮他们搜集国外有关中国文学的资料。本来我就应对它热心（我对"作协"的事一般不热心，什么大小会我全不参加），由于这是你的一个理想，我一定为它效命。

祝康安

炳乾

一九八六年二月十四日

---

① 魏帆，中国现代文学馆工作人员。

50. 一九八六年三月十四日

苫甘：

你好！

《光明日报》让我这小文①寄上，说明我在不遗余力地为现代文学馆当吹鼓手。除了交出自己的东西（那仅是第一批），我还在动员冰心、文井、柳杞等老友，都来"交资料"。冰心的评论资料我劝她一定乘健在时交资料馆。

香香四月去沪，我已交她一瓶法国拿破仑 brandy②，你还需什么？望告。台湾那个电按摩器我怕家人不许你用，我也怕出事故。

本月二十三日又集中开"政协"会了。

祝

长寿

炳乾

三月十四日

----

① 发表于 1986 年 3 月 13 日《光明日报》上的《皆大欢喜——为作家协会现代文学馆而作》。

② 白兰地，一种葡萄酒。

51．一九八六年十一月①

芾甘：

回来后见到李辉②，也在电话中同香香聊了聊，知你很好，十分欣慰。我们二人绕地球又转了一圈，在英国时，有二十六天都钻到威尔士山沟里，一口气写完了《搬家史—兼记一个知识分子的浮沉》，把一九四九——一九七九年大致回忆了一下（约六万字）。《当代》正在看。在纽约演完讲，即去西岸，住林登家，见到陈若曦等。如今，下个月又要去香港两家大学（十二月二十三日即去）。二月一日由港先赴穗，然后汕头—厦门—福州转一遭，回京要三月了。跑了八十四天，连个伤风感冒也没有过，那是洁若照顾得好。

多时不给你写信，因你总是有信必亲笔回。但这次非写不可。

亦可知道陆铿其人？是个新闻界能手。几次由中央领导人接见。最近他的《胡耀邦访问记》在海外风行。

---

① 此信未署日期，写信时间根据书信内容推断。
② 作家，《浪迹天涯——萧乾传》的作者。

胡同他畅谈了几个小时，并准许他录音（此书我已请他寄你一册）。他在台湾坐过十几年牢，在大陆也坐过牢。如今，他是海峡两岸最活跃的记者。在香港主编《百姓》，在纽约主编《华语快报》。

他正与另一名报人合编一本《中国散文选》，其特点是：要把海峡两岸的散文编在一本书里。他同我谈此计划，我当然支持了，并且为他选了《往事三瞥》。今天下午我还为此事去找冰心。他特别希望有你的散文——不必现写什么，只告他篇名（最好也告出处）即可。他希望有你的两篇。

可否请你指定两篇告我？我可找人复制，小传也由我从《中国文学家辞典》上抄寄如何？

倘若不是海峡两岸，我不会参加，更不会代他们向你征求。我估计你会支持的，因为这多少会对沟通两岸有好处。书会进入台湾。

我一回来即赶看《负笈剑桥》一书的校样。明春可以出来吧，是《一本褪色的相册》后第二个结集。我的回忆录只差一九四六——一九四九年了，这段最难写，因涉及得罪 ××× 事，也涉及家庭悲剧。

你的五本《随感录》大功告成，为你贺。也一定学习你的工作热情及毅力。我有些写作计划，也有不少要译的。所以总可以一直忙下去的。这次在美没见到靳以的儿子（上次见到了），倒见到了他的女婿（孔罗荪的儿子），在读比较文学。在英美，均有人为你未得诺贝尔奖奖金而抱不平。每谈此问题，我都只说：中国文学理应成为世界文学的一部分，今天我们明确有此意识。但中国作家不会为诺贝尔奖而写作，正如中国电影不会望着奥斯卡奖而拍片子一样。它们也许是西方的标准，但中国文艺有我们自己的特色，我们不会去牵就。得不得奖，并不标志我们成就的高低。

请小林告我一下选哪篇即可，不必亲笔回信了。

祝康安

洁若附候

炳乾

52. 一九八六年十二月二十一日

苇甘：

你好!

明天我同洁若又飞香港了。在那里过完圣诞，新年，就正式访问了。一月份上半月在中文大学，下半月在香港大学。已准备了《晚近小说中的爱情描写》《现代主义在中国》等四个题目。二月将访问广州—汕头—漳州—厦门—福州，三月上旬回京。写此信是问你：在香港（或沿途）有什么事要我做否？如无事，即请不必回信。如有事，一月十五日前可寄香港中文大学研究院谭尚渭院长转，一月十六—三十日可寄香港大学文学院赵令扬院长转。

听说你不写长篇。我听了，觉得你对自己精力有实事求是的估计，比硬拼的好。然而我也感到是一大损失。可惜你不能口授，由别人代笔。姚雪垠说，他就是靠录音机写作，我也是不习惯那么写的。

我写了一篇《搬家史——兼记一个知识分子的浮沉》，是在英国山里（九月）写的，约六万字。文后我写的是"为纪念难忘的一九五七年三十周年而作"。"文革"

我起了个头，这估计也是第一炮。

现在只差一九四六——一九四九年这段最难写的了。这段写完①，这辈子就全交代了。我估计精力还够。我也许还试个长的东西。我想，最好先不说出去，写成了再说，不然会很被动。我也一直在思考这个知识分子命运问题。我至今不后悔一九四八——一九四九年没接受剑桥的聘请。一个人不能光比哪个境遇过得更舒服些。作为一个中国人，应当同这个国家共命运，回首一九五七——一九七九年那段日子，是不好过。然而我比张贤亮还强多了呢。得拿出东西来才对得起那段日子。

另外，有多少想写的东西哟！你晓得我一向是个懒货。但近来可挺勤快。写《搬家史》时，我与洁若住在北威尔士深山一幢小楼里，我们懒得做饭，旁边就是菜馆及快餐。我们二人都是晚上八时睡，凌晨两点爬起来写——我在楼上写，她在楼下誊清。回来后，精力也一直充沛，时常早四五点爬起来工作。

祝新年快乐

洁若附候

炳乾

一九八六年十二月二十一日

---

①　即《未带地图的旅人》。

53．一九九三年十一月二十三日

莳甘：

从夏天我就在考虑送点什么来表示我对你九旬大寿的祝贺。我选了这个治疗仪。然而买不到。这回得亏《文汇报》的沈吉庆和他那位当医生的夫人帼芬四处奔走，终于找到了这么一台。鲜花你一定围满了，蛋糕也吃不尽。我自己目前就大大受益于这种治疗仪。我希望它也能给予你好处。

先介绍一下经验：三年前，我的左右手手指时常弯不过来。这对我用笔十分不便。刚好去了一次"老年人用品展览会"，会上有个摊子出售这种治疗仪，并有穿白大褂的人在表演。我出于好奇，就买了一台。晚上看电视时，就插上电，先以最弱的电力试着在手指上使用。感到一种麻酥酥的。我接连这么电疗了二三个晚上，电流逐渐增大到能承受的度数。不久，手指又能弯曲自如了。

我有时背疼，胳膊也无名地疼。夏天午睡时，我把治疗仪放在枕旁，居然就不痛了。后来在腿上我也使用过（就是别在胸部近心脏处使用）。每次都灵。那时我就想到了你：要是老巴有这么个玩艺儿多好！

怎奈那"老人用品展"也收摊了。我甚至给《老年报》写了篇短文《治疗仪你在哪里？》并且同时托了吉庆帮我物色。

希望你也能从这玩艺儿像我一样得到好处，而且你比我更需要。

这实际上就是个小型家庭电疗。在家人的协助下，你不妨一试。务必先从最低的电力开始，逐渐增大。至少这对我已给了很大好处。

另外，身上局部疼痛，你还可以用一下"寒痛乐"（一种药沙子）。我每天身上（腰、腿）总绑一两个。一绑，过五分钟即开始发热，一直到烫的程度（这时，可垫一块手帕）。在这两样医疗保健用品的帮助下，我可以做到行动自如。

愿你

康健地步入二十一世纪

炳乾

一九九三年十一月二十三日

54. 一九九三年十一月二十五日

苇甘：

用这本小书来庆祝你的九旬大寿。据台湾来人说，我这篇《关于死的反思》在台北的老人中间还颇轰动。其实，前年当小林向我组稿时，我就是写给你的。希望咱们挽起臂来，勇敢地面对"死亡"这个黑家伙，并且用它作为鞭策，让我们活得更潇洒自如，无忧无虑，也更出成果吧。这就是化消极力量为积极力量吧。伦敦大轰炸没炸死我，日本大轰炸也没炸死你。"四人帮"倒了，我们却还健在。这就是胜利。对吧？

炳乾

一九九三年十一月二十五日

55. 一九九三年十二月十二日

芾甘：

打开这期的《收获》看到你那篇《最后的话》，我感到不舒服。首先是对"最后"二字摇头，而文中你还说看不到全集最后一卷的出版了，我觉得你不应该那么悲观。

不知你看了我在赠你的那本《关于死的反思》前所写的那几句话否。我决定要学健吾。他是死在书桌上的——不知他手里拿没拿着笔。我认为这是咱们文字工作者比旁的行当（包括自然科学）优越之处：我们确实可以写到最后一息。自然也有人愿躺在几部有了定评的成名之作上颐享天年的。但你不是那样，否则《家》《春》《秋》之后，你本就可搁笔了。然而你能吗？你胸中有那么多爱和恨，那么关心同类的休戚，你是不能搁笔的——《随想录》就是证明。当然我不劝你在生理上不适的时候，硬了头皮去动笔。我只是说，你不能把你那支笔这么"封"起。

我们都算有点后劲儿的。后劲儿（说俗了就是"余热"吧）很重要。倘若是为名利而写作，两者都到手之后，就满可以歇笔。然而你不是那样，而是非写不可才写起来的。我认为那个"势头"应保持到最后一息。那时才真正是"最后"。我写此信就是为了说，我不同意你那"最后"二字。那也与你一贯的精神不相符。

我不是说过我完全可能先你而死吗？这是有客观根据的。你的器官（内脏）完好，而我除了冠心病之外，还只剩了一个肾，它的功能只是正常人的三分之一。每天我只准吸收四十克（还不到一两！）高蛋白。我一面随时准备辞世，同时又在尽可能地延长我的寿命。凡能延长寿命的措施，我都尽力采取。我也不逞能。去年夏天来到五台山脚下，我就没敢上去。我想到八十年代遍访名山的健吾。为了把丝吐尽，我惜命。

我多么希望有一天你再给《收获》写一文！用以表明那不是最后的。

炳乾

一九九三年十二月十二日

56．一九九七年六月七日

苇甘：

我竟然也成了病号——而且看来也是个长期病号了。我开始体验到你这些年都躺（仰卧）着的苦寂。三十年代（你从二十年代）以来，我们都是十分活跃的。与朋友们日日在大东茶室里一泡就是半天。你又办出版社又编刊物，我则也东跑西颠。如今，你大概不是仰卧就是苦坐着，我则住院也已超过百天（还不知哪天能出去）。我最怕打点滴，而为了治病，大夫指定要我每天打两次。就在我头上挂起一只瓶子，里边的药水一滴滴地往下坠，然后流进我的血管。我总是把收音机或电唱机放在旁边，为我奏着古典音乐。连这样，我还是望着它焦急，不耐烦。这滋味我想对你不是太生疏吧！你身边既有孝女，又有外孙绕膝，我则只有我的洁若。她真了不起，日夜在这里陪伴我。我这一生在婚姻上有过不幸，也为人家（树藏）带来不幸。然而老天竟让我在忠诚、健康、吃苦耐劳的洁若温暖的爱情中度过晚年。我们结合已四十多年了，而婚后第三年我就成了右派。倘若那时她把我遗弃了，我大概也早不在人世了。她没有。她把三个孩子

（包括那不驯的铁柱）拉扯大了。真是忍辱负重。与此同时，她还由日、英文译了近四十种书，还写了四本。她确实是看来平凡其实很不平凡的女性，是我这辈子的福星。现在，在病房里，她也仍是在为我忙碌一天，深夜还在译川端康成的《东京人》（六十四万字），并且也译竣，还在重校。她还有更庞大的计划。

我不知你仰卧时都想些什么，想蕴珍？想靳以？想抗战期间的流浪？想文化生活出版社？我也经常怀念三十年代我们在上海的生活。不知不觉地。我在编《大公报·文艺》时多亏有你的指引，尤其那次的文艺评奖。有点像从文①，我也倾向于喜欢惹是生非。是你的指引——有时是制止，使我在京海之间没惹出乱子。

可一九四六年我回国，住在江湾（你还举家来过我那日本式的小屋），没能经常与你见面，因而就惹出过乱子。那时我也有点过分自信，甚至傲气。满脑子又装了舶来货色，拿起笔来乱写。一下子塔塔木林②，一下子又去对旁人祝寿说三道四，招来灾祸。现在回想，真觉得自己荒唐。去国七年，对国事一无所知，回来就指手画脚。真是不知深浅。

———————

① 指沈从文。
② 塔塔木林是萧乾在中华人民共和国成立前在《大公报》用过的笔名。

可近来我对自己在那时期及以后，有了新的想法。我感觉一生有时福其实是祸，有时祸又是福。由于一九四六——一九四八年间地乱写，使得我在五十年代不受待见，只当个技术干部。一九五七年还当了右派。倘若不是这样，而是大受重视，解放后必然就大写文章。到一九六六年非送命不可。因为我这个具体的人就好多嘴多舌。只有在政治重压下，才能沉默下来。

你倘若没失去蕴珍，今天当然十全十美。可你身边的孩子肯定还是填补了感情的空虚。我呢，折腾了一辈子，最后有这样一个晚年也是知足的。傅光明正在编我的文集（十卷），翻译（五卷，部分与文洁若合）。这辈子也算做了个交代。但我不会封笔。我还有几十个小文章的题目可写。我计划七月下旬出院回家。

得了一次心肌梗塞，医生嘱我切勿重犯，不然就会送命。所以回去以后我得重新调整步伐——一切放慢。多听音乐，看古典画册，不再参加活动（除了我安身立命的文史馆），只见几个最熟的客人。

芾甘，我们一道争取跨过二十世纪，进入那更宏伟的二十一世纪。

信就写到这里。念的人也累了吧。请你在杭州静养时知道我这个老弟时刻在想念你，并祝你安康。

炳乾

一九九七年六月七日于北京医院病房

再者：

1. 我每次见到舒乙或傅光明，都必问起文学馆的工程。今天光明告我，九月可以动工了，希望它在二十世纪里完成吧，也望你还能主持开幕。

2. 我最关心的，则是一部《文化生活出版社史》。我认为这不但是最成功的同人出版社，也是对三十年代文艺运动贡献最大的一个文学组合。多少人（包括许多重要党员作家）都是在这温床上成长起来。这么一本书不但对出版史具重要性，在文学史上也大可单独写上一章。我老早甚至多次向你建议过，你可能出于谦虚（你一向默默奉献），总也没搭腔。我认为趁你、济生、采臣都在，大家可以工作起来（我甚至设想应把此书献给陆蠡，他是"文生"的烈士）。你如发话，由济生（他最年轻吧）牵头，我们就可抓紧搞起来。我已写过"文生"与我，但我还要写，站得更高，从文学史角度来写。但我手中不掌握任何资料，而脑子远不及以前好使了。我相信许多还在世的人（如刘白羽）都会支持此举。我想上海（你和济生家，新文艺出版社）一定也仍保存不少资料吧。希望你认真考虑一下，发个话，推动一下。希望济生抓起来。"文生"不仅仅是一个出版社。

57. 一九九七年十二月十四日

荪甘：

　　昨天"作协"送来你的十卷本①，非常谢谢你。翻读书里的篇章，如与老友握手。明后年浙江文艺出版社也将出我的十卷，是傅光明编的。卷本比你的少一倍。可如果没有你的督促，我连这么点也写不出来。你一生都在分秒必争地写作，我则把时间都花在婚变或无谓是非上了。"乡下姑娘"树藏那样忠心耿耿，我都弃之如屣。一九四六年回到上海，忘其所以，胡写什么"称公称老"，惹一场大祸。那时如没有你的劝阻，我还不知会惹出什么更大的祸来。人可惜不能再活一遍。你真不愧来到世上一遭。自己写了那么多，帮旁人出了那么多，又倡议兴建现代文学馆。奠基或开幕那天你来主持，我一定也陪同前往。

　　易卜生的培尔·金特浪荡一生，终于有了他的Solreig②，我总算自一九五四年，也有了文洁若。我们一直

① 指《巴金译文集》，人民文学出版社1997年版。
② 索尔维格。易卜生的《培尔·金特》里一个忠贞不移的女性。

既是夫妻又是文字上的互助帮手。我们相互写什么，都有了第一个读者。她勤勤恳恳，译了几百万字，近时又写起来了。我则为自己十卷集中部分篇目写了"余墨"，已数十篇。这样在出文集时对几十年前的文章写一下再认识，各附在有关文章后边，也算是个创举吧。你有位谷苇，我有位傅光明。这小伙子在忙我那十卷。我们每星期见一面。从他我可以了解许多外界事物，不至太闭塞。

我晚年当了中央文史馆长，不需要做什么工作，但能使我减少失落感，觉得自己还有点用处。《世纪》每期都寄你了吧。

前天，我忽然写了篇二千多字的小说，这是几十年来没有过的事。题目是《"法学博士"LLO》，写的其实是留学生与房东太太女儿的爱情。已给了《人民日报》。也许还能来个回光返照，再接再厉，凑成一本。

不能写太长了，怕累了你。一九九七年又快完了。我和洁若真诚祝愿你，在家人精心照顾下，在未来的一年里，生活更快乐，身体更健康。让我们携手共同走出二十世纪，走向新的世纪。

洁若附候问候济生和小林

炳乾

一九九七年十二月十四日

58．一九九八年十二月十一日

苇甘：

　　这是一封小老头儿问候老老头儿的信。是从北京的医院寄到上海的医院。没想到我也以［北京］医院为家达两年之久了。不同的是，我有洁若在此日夜陪伴。不过，你儿女均在身边，说得上是儿孙满堂，我却把三个子女全放走了，至今没有第三代。我想济生及你的读者们也会常去看你吧？尤其青年读者，他们不会忘记你。

　　在你众多成就中，我想列举你在京海派之间所起的不容低估的作用。一九二三——一九二四年，我在北平和你初识的时候，京海派正闹腾得厉害。是你，用你人格的力量，善于团结人的精神，打破了京海人为的鸿沟。在北方，扶持一批超升于京海之上的作家群。《文季》《作家》，以及你主持的出版社，都起了弥补分歧、畛域的巨大作用，只有遗老们追逐、靠拢周作人，广大的中年及青年作家（当时我就是其中之一）本能地就倾向你和你主编的刊物及出版社。关于这，我既是受惠者，又是见证人。我就从不理会京与海之间有什么鸿沟。你主持的出版社在南北之间，建立了桥梁。那时在见到的书刊中，明显地可以看到京海根本是一家人。京海的分歧，只适用于周作人那一代遗老。在北方，你的、茅盾的、叶圣陶的影响远大于周作人一伙。

我很幸运，因为是在你主编的《水星》《文季》的影响下成长起来的。我同你之间在思想感情上的共同点，远大于我同周作人。我的运气多好！正是在你来北方时开始写作的。你吸引了、感动了我们那批北方青年。接着，我又同《大公报》一道去了上海。在我主编的"文艺"上，也许上海的作家更多一些。但弥合京海的工作，确实应归功于你和文化生活出版社。

近来我常想到当年的李健吾。以他那只优美的批评家的笔，也起了弥合南北的作用。我相信公正的文学史家会客观地估计到这位批评家在那时起的作用。而且他把"批评"写成了"文章"。此功也不可埋没。

我觉得自己很幸运，因为我开始写作时（三十年代初叶），正是你和振铎来北平摘大联合的时候，也是《作家》文化生活出版社起家之际。北方文艺界由在《论语》《人间世》沉睡中苏醒过来，通过京沪这道桥梁，[迎来]文艺界大团结的日子。真正没落了的是周作人那一摊。那些遗老对青年一代毫无吸引力。

真希望有文学史家着重研究一下三十年代京海大联合的盛况。现在回想起来，郑振铎正如你一样，没有京海派的成见。我依稀记得京海这个概念是从文引起的——在一篇文章他给划了界限。所谓"京派"其实只是以周作人为核心的文艺界的遗老。我们青年一代当时心目中的"导师"是你和郑振铎。但你们并不排斥老一辈保守派，只是互相走的路子不同。敌伪时期，他们好像很得势。

祝新年好！

萧乾

一九九八年十二月十一日

59.一九九八年七月十七日

茅甘：

自从收到你那封四页长信，我反复诵读，仿佛又回到五十年代，甚至三十年代。你还记得我们俩在北海比赛划船吗？那时我满以为会胜你一筹。谁知咱们划了个平手。另外一次是一九三九年在九龙开往香港的轮渡码头旁，我在等约好的Sylvia①，我问你肯不肯见她一面。你（当然是为了树藏）坚决拒绝了。我对树藏，则不忠不义！九泉之下，我真没脸见她。

我有时想，你每天静静仰躺在那里，要是旁边低低地，轻轻地，柔和地有点音乐，会不会对你更好呢？首先，可以把脑海占据了。我有时听音乐入神了，通身都像洗了个温泉澡。你试：Beethoven②的田园Pastorale③。音量一定不可大。低低地。你会飘飘然像个神仙。讲点情况：浙江文艺要出我的十卷集（还出几卷译文集），并

---

① 指雪妮。

② 贝多芬。

③ 田园曲。

要在明年一月二十七日我生日那天，他们来北京开个什么会。可惭愧呀，我连你的一半也不到。可如果我没在三十年代初遇见你，也许连五卷也凑不成。

祝好

问候济生

炳乾

一九九八年七月十七日

60. 一九九八年九月二十八日

苇甘：

你好！

这是一封向你问候的信。昨夜梦见你（和靳以）了。今天上午我坐在沙发上，尽想三座门的往事。你我总算是长寿的——多少朋友都故去了。我们健在至今，还不该写封信致贺！

我一年半来一直住在北京医院，有洁若陪住，所以不寂寞。她在译书，所以我们随时展开文字讨论。

明年一月，我将出一套十卷集（比你连一半也不到）。我首先要送给的是你。且看那时有什么便人吧。

我在回忆一生，遇到你并在二十岁出头就与你订交，是莫大的幸运。我做事猛撞，在英又受了西方影响。有一段时间一定使你难办。可你从未抛弃我。

你晚年幸而有小林相伴。我也有洁若。不然，日子真难捱。当然，你膝下还有孙儿孙女吧。我这就我们两个，孤了一些，但也有省心的一面。洁若在新华社还有个弟弟，时而有些来往。总之，我们的晚景都还不错吧。你住华东医院，我住北京医院也一年半还多些。看来不知还回家否。

我时常梦见你，也梦见靳以。时而回到北京，时而上海。

我总想给自己出题写点什么。八十八就退休，有点不甘心。但生活实在单调，写不起来——除非写意识流！

洁若那里还存着我写给你而未发的信。这回我一定让她发出去。

洁若还在译日本作品。她一刻也不闲。真勤如蜜蜂。

祝你安康

炳乾

一九九八年九月二十八日

我知是旁人念信你听。我的字太小，太乱，实在抱歉。

祝你长寿

61. 一九九八年九月三十日

苇甘：

七月中旬，我曾给你写一信，今天方知洁若她留下要我再写一封更充实点的信。这次我是利用寄《心债》的机会再写上几行。晚年，一想起树藏来，我的负债心情就使我坠入悔恨的深渊。我知道人活一天就得向前看。这种伤感是不健康的。但也有一种现实意义：在我同洁若这近五十年（四十四）的关系中，我都时刻珍惜我们相处的时日。我们从未有过争吵。在婚姻上，从因果来说，我本应受到报应，但没有。同洁若二人的爱，始终是深笃的。她勤奋，责任感强，生活能力强。我自知是幸福的。我一心只望你和冰心大姐保持健康。

炳乾

一九九八年九月三十日

62. 一九九八年十一月三十日

芾甘:

　　你好!

　　我们都在战胜老迈的路上。我祝我们俩都成功。我现在北京医院给你写信。都是那些老病，不严重。我还有洁若陪伴，所以也不寂寞。小林经常来看你吧？你的身影经常在我梦境中出现。你妹妹常来医院看你吧？她比我还大几岁吧？我是一九一〇年一月二十七日出生的。这日子并不准确。你每天还平躺着吗？新年来到，你可曾向全国读者问候两句？咱们能活到改革开放的日子，真是幸运。这段也许是本世纪真正稳定的日子。在记忆中，那段黑暗的日子仿佛只一刹那。我们终于看到国家走上正轨的今天。你一生写了那么多作品，创办了几个刊物和一家出版社，你的一生真辉煌!

　　我希望有人写写文化生活出版社的历史，它不同于一般出版社。它存在虽然不长，却扶起了多少新人。我就是其中的一个。外国文学着重介绍苏联及东欧，"文生"是许多新作家翻译家的起点，其功绩不可磨灭。应该有人来总结一下。"文生"曾是许多人精神的家。上海应该可以找到人写老"文生"。我太老了，也太生疏。不然，我会动笔的。

　　祝你健康长寿

炳乾

一九九八年十一月三十日　在北京医院

63. 一九九九年一月二十二日

老巴：

你好!

时常想念你。写此信是为告你：

公木及叶君健都因跌跤而身亡。你出入务必有人搀扶，多加小心!

信不信，我也到了九十门坎了。现是八十九了。我是二十四岁上认识你的，一晃儿，七十五年了。

我也写不动了! 太旱点!

祝好

炳乾

一九九九年一月二十二日

编者注：这是萧乾给巴金的最后五封信，表达了萧乾在病中对巴金的深厚感情和深深的挂念。其中一九九八年七月十七日信中特意在"低低""轻轻""柔和"的下面加上重重的圆圈，想象着巴金仰躺在那里，静静地听着音乐。

在九月二十八日信的眉头注明："我知道

是旁人念信你听，我的字太小，太乱了，实在抱歉。"

　　在九月三十日信的眉头用大号字写上"祝你长寿"的祝福。

　　　　　　　　（本辑书信根据湖北人民出版社
2005 年 10 月版《萧乾全集》第七卷排印）

巴金印象

—— "人生只能是给予，而决不能是攫取！"

◎ 文洁若

一、"黄金般的心"

1954 年夏季的一天，乾打电话到出版社编辑部，要我中午务必赶到东安市场一家餐馆去吃饭，说他的一位挚友刚从上海来，非常想见到我。他没再多说什么就挂上了。

快下班时落起雨来。我就冒着瓢泼大雨赶到那家餐馆。一个大圆桌围坐得满满的，他们给我留了个位子。已经上了凉盘和饮料，大家显然在等我到了才开席。一位满头乌发、戴着一副近视镜、目光慈祥而敏锐的中年人站起来，热情地向我伸出手，用四川口音说："欢迎，欢迎！"乾就把我介绍给他，说："洁若，这是巴金。"——那时，座中通称他为老巴。这就是我第一次会到巴金。

我是1952年结识乾的。他曾对我说："我是朋友堆里滚大的。"但他告诉我，中华人民共和国成立后，有些朋友地位变了，自自然然地就疏远了；偶尔见到，也带理儿不理儿的。唯独巴金，尽管当时很受重视，每次到京，必然把他那些被时代所冷落的朋友（像乾自己）一个个地约到一起，找家餐馆聚一聚，而且每次都是巴金做东。

果然，从那以后，我又随乾一道去参加过多次这样的聚会。那些年巴金常出国，每次来回都得路经北京。乾管这种聚会叫"大东茶室"，那是30年代在上海，巴金与友人经常聚会的场所。1956年，巴金在东单新开路一家叫作康乐的四川馆子请我们。酒足饭饱之后，巴金又点了一碗红糟五花肉。我们都没有勇气下筷子。巴金却一连吃了七八块，吃得津津有味。我暗自想道：年过半百胃口还这么好，而且怎么吃也不发胖，真是头等的健康！那次，乾还和巴金在北海比赛过一次划船。尽管乾比巴金小五六岁，却费了九牛二虎之力才只和巴金划了个平手。

当时我们住在总布胡同作协宿舍，家中除了日用品外一无摆设。但是玻璃橱里却精心保存着巴金分别从捷克和东德带给孩子们的两样玩具：用红白两色丝绒做的表情滑稽的娃娃和一上弦就能走动的黑绒企鹅。可惜"文革"抄家时也不知道成了什么人的"战利品"。乾知道巴金的女儿小林喜欢音乐之后，也曾到东安市场去给她买了一把琴，交巴金捎回上海。

那几年乾似乎有这么个原则：对于 30 年代很熟，如今地位悬殊的老友，除非像巴金这样念旧，否则他绝不去高攀，即使住在同一个大院子里。然而对于当时比他处境更黯淡的几位，他却经常去走访。他喜欢向我背诵《名贤集》上的一句话："贫居闹市无人问，富在深山有远亲。"

好在我是一向清静惯了的，对寂寞的生活安之若素，只希望交际应酬越少越好。这样，在繁忙的编辑工作之余，每晚还可以看看书，搞点翻译。

"反右"斗争中，乾由于发表了两篇文章而成为活靶子，在王府井大街的文联大楼礼堂一连为他开了四次批判会。在所有的揭发批判中，最刺伤他的是一位他十分尊重，并且也很了解他的老友，竟然在会上说他"早在30 年代就跟美帝国主义有勾结"。指的是他曾协助美国青年威廉·阿兰编过八期《中国简报》。那是最早对外宣传中国新文学成就的英文刊物，乾在那上面撰文介绍过鲁迅、茅盾和郁达夫，并发表了巴金和沈从文的访问记[①]。

---

① 鲍霁编《萧乾研究资料》，北京十月文艺出版社 1988 年版，第 555–557 页。

那些揭发批判，几乎使乾对人性丧失了信念。多年来支撑他的，是那之前不久，在中南海紫光阁与巴金最后的一次会面。当时，《人民日报》上已公开点了乾的名，大家都把他视为毒蛇猛兽，躲得远远的。然而，在那次全文艺界的大会上，巴金却在众目睽睽之下，坚持和他坐在一起宽慰他，劝他好好做检查。那天，周总理也特地把乾和吴祖光叫起来，鼓励他们"好好检查，积极参加战斗"。但是周总理的关怀和巴金的友情也终究未能挽救乾免除戴右派帽子的厄运。在漫长的二十二年的黑夜中，巴金那天给予他的温暖，对他表示的殷切期望，却帮助他对这个世界始终抱有希望。

关于李健吾，巴金曾写过这样一句话："黄金般的心是不会从人间消失的。"[①]巴金有的，也正是这样一颗黄金般的心。

二、"友情是我生命中的一盏明灯"

现在回想起来，在史无前例的"文化大革命"中，巴金成为"四人帮"的眼中钉似乎具有内在的必然性。他们鼓吹的是仇恨，而巴金的哲学却立足于人类的爱。生活的逻辑是离奇的，乾自从1957年起就销声匿迹了，

---

① 巴金，《随想录·病中集》，人民文学出版社1986年版，第40页。

1966年倒反而避开了批斗锋芒。当然，我们也不可避免地双双进了"牛棚"。那时，每天完成被指派的劳动后，便互相交换着看在街上花两分钱买来的小报。每当读到巴金在上海被当作"无产阶级死敌"被揪斗时，我们就痛苦万分。尤其是有一次听说上海造反派对巴金进行电视批斗大会，巴金刚讲了半截，荧光屏上的画面便戛然消失了。这引起了我们痛苦的悬念，担心莫非是他挨了打！

1968年夏天，上海作协多次派人来向乾及冯雪峰外调巴金。一次，傍晚回到住房被强占后我们被赶去的那间巴勒斯坦难民营般的小东屋后，乾告诉我，外调人员看了他写的材料，向他发了火，说："不许美化黑老K！"同"牛棚"的一个女难友由于顶撞了外调人员，被打得鼻青眼肿，引起脑震荡。乾还算幸运，竟然不曾受什么皮肉之苦。

十年"文革"，除了小道消息，谁也不晓得对方的命运，唯有相互默默地祝祷平安。那时，我们一直担心巴金会不会被迫害致死。

随着"四人帮"的倒台，大地复苏，渐渐又恢复了人间的气息。1976年冬大，我们以无比欢快喜悦的心情，听说巴金依然健在。但乾作为摘帽"右派"，仍心有余悸，生怕会给老友惹麻烦，所以给巴金的第一封信是以我的名义写的。这封慰问信我们还不敢邮寄，是托我中学时候的老同学张祉瑠的外甥谢天吉（一位年轻的音乐家）亲自送去的。

1978 年，巴金来北京开会了。那时我们家里还没装电话，巴金是从他下榻的前门饭店打电话到我的办公室的。当我在电话中又听到巴金那带有浓重川音的熟稔声音时，我着实兴奋极了。他约我和乾于次日前往前门饭店去吃午饭。我说："我想给您和小林弄两张内部电影票，可能晚些才能到。但是炳乾一定准时来。"他向我表示谢意。

第二天，当我拿到电影票，奔到前门饭店时，巴金和乾已吃过饭，正坐在沙发上亲热地叙谈。只见除了小林，屋子里还坐着一位青年——巴金的另一老友马宗融的儿子少弥。

镌刻在我心版上的是 1956 年最后一次见到的巴金——年过半百还保持着年轻人的体态，头上连一根白发也没有的巴金。如今他满头银丝，动作也迟缓了。关于自己，他谈得不多，以后读了《随想录》，我才知道那十年间他受了多大罪，又是怎样以无比坚强的意志挺过来的。

那天我们除了简略地叙叙各自的遭遇和现状，谈得最多的是老舍之死。巴老说，他读了井上靖的《壶》后，曾告诉作者，他不相信老舍会像故事中所描述的那样抱着壶跳楼。老舍不会把壶摔碎，他要把美好的珍品留在人间。可惜当时担任口译的青年没有读过这篇作品，无法传达巴老的心意。

我告诉巴老，我订《井上靖小说选》那个选目时，也未理解作者为什么要让故事这么收场，所以另选了四篇，请人译出，已于1977年出版。我自己更喜欢水上勉于1967年写的《蟋蟀葫芦》中对老舍所表达的缅怀之情，因而把它译出来了。[①]

次晨，我们老早就在小西天的电影资料馆外面等着巴金和小林的到来。这位解放后一直不领工资、后来还把大部分稿费都捐出去建立中国现代文学馆的老作家，竟连出租汽车都不肯坐，而是在女儿搀扶下搭乘无轨电车来的。那阵子内部电影还很稀罕，每举办一场，连胡同口外都站满了希望能捞到一张退票的人。小林看得很过瘾。巴老和乾却一直在小声谈话，根本没顾得上看电影。我寻思：两位老友二十几年来蹲在各自的陷阱里，如今真有说不完的话。

这之后，巴老又到北京来开会，住在北新桥华侨饭店，我再度陪着乾赶去探望。当天下午，两位老友谈了很久，感慨颇深。他们逐个儿地怀念那些未能活着重见光明的友人。另外一次，巴老住在西苑饭店。我们是阖

---

① 最初刊载于《春风》杂志1979年第2期，后收入《水上勉选集》，人民文学出版社1982年版。

家去看巴老的，因为三个子女都渴望见见爸爸这位挚友。

1980年4月初，巴老又来北京，在西直门的国务院第一招待所下榻。那一次，他是作为中国作家代表团团长应邀访日，在北京与副团长冰心等人会齐，一道出发。乾说，每次见到巴老，总要谈上老半天。这回老友行前想必很忙，乾怕影响他的健康，就不去打扰了，而由我代他去探望一下。我从招待所的传达室打了个电话，来到楼梯口。抬头一看，巴老已经在二楼平台上迎候了。我实在感到惶恐不安。不论从年龄还是任何方面来说，我都是他的晚辈，怎么能让在十年浩劫中受尽摧残、步履维艰的老人，走上这样长一段过道来迎候我呢！

在沙发上坐定后，我取出自己译的日本女作家佐多稻子的长篇小说《树影》，是刚刚由湖南人民出版社出版的。一本送给巴老，一本托小林带给作者。我告诉小林："书中我附了一封信。用不着面交她本人，由招待人员转去就成了。这还是搁笔十年之后，我于1976年译出的。"

多年来，这是我头一次单独会见巴金，而且当时室内并没有别的来客。我觉得有千言万语要告诉巴金：想说说我自十五岁念初三时就爱读他的《家》《春》《秋》和"爱情三部曲"，并且深深地引起共鸣；也想对他在"文革"中的遭际表示慰问。然而我什么也没说，我不忍心用自己的饶舌来消耗他的精力。他也只默默地望着我，仿佛表示，你们也算熬过来了。于是，我只简单地说了句：“炳乾要我向您问好。他怕来了，会占您的时间。他请您一路多加保重。”他连连点头称谢。从我们当时住的天坛南门到西直门，来回要用两个多小时。可我仅仅坐了不到十分钟，就匆匆告辞了。

那以后，这一对劫后余生的老友，就分别受到病魔的折磨。乾在1980年底和1981年夏，做了两次全身麻醉大手术（一次是摘取结石，另一次是割除左肾），接着又动了三次小手术。巴老则腿部骨折。有好几年，两位老友非但未能见面，连来往的信函也少了。

1984年5月，东京召开了国际笔会第47届代表大会。巴老是中国笔会会长，刚刚康复的他，就率领由十五位作家组成的代表团出席大会。同时那次他还是大会特邀的“世界七大文化名人”之一。

大会结束后，代表团胜利归来，并在北京沙滩的中国作协会议室举行了一次汇报会。当时乾因病未能出席，我去参加了。副团长朱子奇说：“巴老的威望极高。他只要在大会会场上一坐，即使一言不发，也还是产生了不可估量的影响。”

那天与会者约有两百人，巴老坐在头一排。这位穿着朴素、态度谦虚的老人，身上确实仿佛有股磁力，一下子把全场的注意力吸引住了。休息时间，不断地有人到他跟前去致意。我也不由自主地踅到前排，替乾问候了他一下，并且请他千万注意身体。

巴老赴日前，在《人民日报》（1984 年 5 月 2 日）上发表了他的《友情是我生命中的一盏明灯》一文。其中有一段话，深深打动了我的心：

> 友谊的带子把我们的心和朋友的心拴在一起，越拴越牢。……友谊的眼泪，像春天的细雨，洋溢着我的心，培养了人间最美好的感情。对我来说，友情是我的生命中的一盏明灯，离了它我的生存就没有光彩，离了它我的生命就不会开花结果。

我理解，他心目中的友谊是恒温的，是不以生活的浮沉为转移的。

三、"人生只能给予"

1980 年，巴老倡议创办一所中国现代文学馆，立即得到了包括老一代的茅盾、叶圣陶、夏衍、冰心等在内的许许多多作家们的热烈支持。五年后，巴老的这个夙愿终于实现了，这就是由中国作家协会领导、坐落在北京万寿寺内的中国现代文学馆。巴老不但捐赠了大批藏书和文稿，而且迄今已捐赠给文学馆人民币三十几万元。想到巴老一向靠稿费为生，从不拿工资，家里生活非常俭朴，就更觉得他的奉献是多么可贵了。早在 30 年代他说过："人生只能是给予，而决不能是攫取!"

他这一生，从不攫取，真正是在不断地给予。

1985 年 3 月下旬，巴老来京参加文学馆开馆典礼，并发表讲话说："我相信中国现代文学馆是一股强大的力量……只要我一息尚存，我愿意为文学馆的发展出力。我想，这个文学馆是整个集体的事业，所以是人人都有份的，也希望大家出力，把这个文学馆办得更好。"

这次，巴老下榻于北京饭店。适逢全国政协开会，他就多逗留了一些日子。这时，我们已搬到复兴门外，家里也装了电话，两位老友在电话里畅谈了一阵。4 月 5 日那天，我们去饭店看望巴老，恰好和他住在同一饭店的香港摄影家陈复礼也来拜访。于是，陈先生就为我们拍了几张饶有纪念意义的照片。

乾意识到，继 30 年代的文化生活出版社和 50 年代的平明出版社之后，现代文学馆是巴老毕生又一文化业绩。他多少也为这个馆出了些力。巴老在 1986 年 2 月 17 日来信中说：

> 你为文学馆多出力，这是一件大好事，我们后代子孙会感激你的。不管文学馆有多少困难，有多少缺点，但我们必须支持它。我们不支持，不尽力，谁来支持，谁来尽力! 精神文

明不是空谈出来的!

近年来，乾确实把对巴老的友谊体现在对文学馆的关怀上。每逢台港和海外有朋友来访，他都一趟趟地陪他们去参观，撰文为它宣传，并为文学馆拉了些赞助。

完成五卷《随想录》后，由于健康关系，巴老不得不搁笔了。乾知道巴老写字吃力，而他又有个亲自回信的习惯，甚至信皮都自己写，乾就尽量不直接写信给巴老。他要么写给小林，要么写给巴老的弟弟李济生。就这样，每年他们总还有些书信往来。

1987 年 4 月 20 日，巴老在致乾的信中写道：

> ……有许多话要对你说，不是没有时间，是没有精力，我已是一个废人了。要是我能够每天写两千字，那有多好啊。这些年我浪费了多少宝贵的时光！想到这，我就悔，我就恨。不过我总算留下一部《随想录》，让后人知道我的经历，我的感情；我还指出了一条路，一个目标，讲真话。谁也不能把我一笔勾掉。这十年我毕竟不是白活。……

在 1988 年 4 月 30 日的来信中，巴老写道：

　　我好久不给你写信了，并非不想写，更不是无话可说，唯一的原因是干扰太多，难得有时间在书桌前坐下来。这些年你做了不少事，写了不少文章，我也知道一些，看到一些，我为你高兴。从一些熟人那里知道你近两年为文学馆帮过不少忙，出过力，虽然这是大家的事情，我却想紧紧握住你的手，连声说："谢谢。"我真感谢你。

　　……只要我注意劳逸结合，听医生的话，不逞能，大概就不会来个突变，那么我们还可以见面畅谈。一定可以……

　　1989 年 3 月下旬，我应邀赴上海参加新西兰女作家凯瑟琳·曼斯菲尔德的作品讨论会，乾事先写信告诉了巴老。多年来，巴老一向是亲自写回信，这次的回信却是口述的。全文如下：

　　炳乾：

　　谢谢你的信。这些时候我一直想念你。我为有你这样的朋友感到自豪。我放心了。作为朋友，我也不会辜负你。我等着洁若的到来，她会告诉我你们的情况。

　　我的近况不好，摔了一跤，至今疼痛不堪，

在治疗中，希望取得效果。

其余的以后再谈。多保重。

问洁若好。

祝

好！

巴金口述

1989 年 3 月 2 日

我动身前，巴老还特地叫女儿小林打来电话，告诉我他住进了华东医院。我是 3 月 20 日上午 10 点半飞抵上海的。出了机场，在朋友谢天吉的爱人陈黎予的陪同下，直奔华东医院。巴老的侄女国糅迎出病房说，病人刚刚休息。医院里规定下午两点钟才能会客。于是，我们便决定先到巴老的府上去拜访。

我这是初次来到武康路的巴老住宅。前来开门的巴老的妹妹，她未等我通报姓名，一眼就认出了我。可能她看到过我的照片，也可能巴老的家人已知道我那天抵沪。

1956 年乾曾登门造访过巴老，给他印象最深的是七十书架的书籍。如今巴老已把这些藏书分门别类捐献给几所图书馆、学校和文学馆。

1962 年，我曾读到日本文艺评论家龟井胜一郎的《中国纪行》，其中有一篇详细地描述了在巴老家做客的情景，当年十一岁的小棠耍着红缨枪，一副活泼可爱的样子跃然纸上。女主人萧珊一边张罗着为远客倒茶，一边笑吟吟地欣赏儿子的顽皮——显而易见，他是妈妈的宠儿。还有那宽敞的走廊，院中那拾掇得十分整齐、绿油油的草坪。

弹指间，出现在我眼前的小棠比爸爸高多了，他已发表了近二十篇文采粲然、构思精巧的短篇小说。这时我想起了巴老的《怀念萧珊》《再忆萧珊》这两篇文章。我感到，她确实依然还活在她挚爱的"李先生"以及她的儿女和朋友心中。巴老前几年摔断腿住院期间，客厅里铺上了地毯，并把临院的走廊改装成"太阳间"。除此而外，这座小楼的陈设基本上保持了女主人生前的格局。她永远和亲人们在一起。

下午两点钟，我们准时返回医院。这时，巴老已起床了。国糅扶伯父坐在椅子上。我送给巴老一本我译的《蜜月》——凯瑟琳·曼斯菲尔德小说集，一本1986年6月号的《早稻田文学》，并把刊载于第73页右下角的巴老的相片指给巴老看。相片下面的说明却是"萧乾"。原来四年前我作为日本国际交流基金会的研究员，在东京东洋大学研究日本文学时，早稻田文学杂志社约我译了两篇乾的小说，收在中国文学特辑里。他们要一篇作者简介和一帧近影。我便把陈复礼先生那次在北京饭店为巴老和乾所拍摄的合影送了去。岂料因篇幅关系，他们只能保留作者一个人。而且把巴老当作乾了。当我打电话给编辑部要求更正时，他们道歉，说已有好几个读者向他们指出这个错误了。巴老听罢，不禁咯咯笑起来。他的伤痛尚未痊愈，说话还很吃力。我生怕他太累，乘按摩师进来之际，就告辞了。

1990年6月上旬，乾因心脏病犯了，住院检查。结果心脏犹在其次，更严重的是十年前动了左肾切除手术后，剩下的那个右肾，不堪重荷，功能逐渐衰竭，已不及常人的三分之一了。他原预定在6月下旬赴上海参加《全国文史笔记丛书》编辑工作座谈会，也早已写信告诉巴老了。听了大夫的宣告后，他怕远行吃不消，曾一度要打退堂鼓，但转念一想，他已经整整五年没见着老友了。巴老今后来北京的可能性越来越小，而他自己的健康状况又是那么差，趁着腿脚还利落，还是决定前往。

于是，出院的次日，我就陪他上了飞机。

抵沪的当天，乾就从衡山宾馆给巴老打了电话。第二天（21日）下午3点，我们走进了巴老那幽静雅致的客厅。天气炎热，但厅内只开了一台老式电风扇。巴老坐在玻璃书橱前的扶手椅上，因为这里有穿堂风。他身穿无领白色线衣，气色和精神都比去年3月我在医院里看到他时强多了。听到乾的脚步声，巴老在家人的搀扶下，拄着拐杖站起来迎接。乾赶忙扶老友坐下，拉过一把椅子，紧贴着他坐下。

　　两位老友欣喜得一时语塞。乾首先把他当年出版的《红毛长谈》以及《未带地图的旅人》英译本奉献给从 30 年代起一直关心他、指引他的这位挚友、益友和畏友。我也把带来的土产一样样地摆在圆桌上。乾首先谈了谈文学馆的近况。乾深知这是巴老最关心的事。我晓得动身之前，他曾特意向杨犁馆长了解了一下。这之后，话题才展开来，乾边谈边握住巴老那颤巍巍的手，问道："上次你给我写那封短信[①]，说花了三天。那么你写的悼念从文的那篇[②]，花了多少时间？"这时，巴老微笑着，伸出三个指头，带点自我嘲讽地说："三个月！"（记得乾告诉过我，巴老当年每天写出七八千字是常事，他的笔头快是出了名的。）他们还一道回忆了 30 年代的人和事。我在旁听了，由衷地感到老一辈的作家对友情的珍视。

　　乾事先告诉我，巴老气力差，我们只坐半小时。但他几次欠起身要走，巴老总想起还有话要说，又坐了下来。辞别时，两位老友依依不舍地紧紧握着手，连坐在一旁的我，眼睛都有些湿润了。

　　接着，我们又驱车去看了乾的另一对老友王辛笛夫妇。

　　27 日下午，也即是我们离沪赴杭的头一天，乾又照

---

　　① 见《人民日报》（1990 年 3 月 5 日），标题是《你还是小青年》。

　　② 即《怀念从文》，《长河不尽流——怀念沈从文先生》代序，湖南文艺出版社 1989 年版。

约定偕我去了武康路。这回，为了节省我们的时间，王辛笛夫妇特意赶到巴老家来会我们。乾把《全国文史笔记丛书》筹备会印发的有关四川及上海的一些笔记初稿，带给巴老看，他送给巴老一张今年五月间陪林海音参观文学馆时，他和这位台湾女作家站在巴老那巨幅油画前的合影。林海音看到书库里有不少她本人的和其他台湾作家的作品，很高兴，她答应把自己所主持的纯文学出版社出版的《纯文学丛书》，送给文学馆一整套。巴老曾说他要为文学馆献出自己"最后的一分光和热"①，看到自己耕耘起来的这块园地得到各方面的支持和关怀，他自是欣慰不已。

像上回一样，乾几次要告辞，话犹未尽，又留下来。最后，他怕太累着老友，还是坚决站起身来。

这时，巴老叫家人取来《巴金全集》中已出的十卷送给我们，在第一卷的扉页上，巴老两天前就写好了这样几行字：

赠　炳乾
　　洁若

巴金九〇年六月廿五日

---

① 见巴老 1985 年 9 月 28 日致杨苡信。

我还记得你到燕大蔚秀园看我，一转眼就是五十七年，你也老了！可是读你的文章，你还是那么年轻，你永远不会老！

字体俊秀挺拔，不像是出自老人之手。我问巴老的家人，他写了多久，回答说是这次写得较快，差不多是一挥而就的。这说明了巴老正在逐渐康复。

临别时，乾紧紧握着巴老的手说："尽管你身体比我弱，气力比我差，可是没有五脏器官的毛病，肯定比我活得长。除了心脏，我还有肾的问题。咱们活一天就得欢实一天，绝不能让疾病压倒。彼此保重吧。"巴老微笑着连连点头。

巴老拄着拐杖，一步步地踱出客厅和大厅，一直送到楼门口。乾一面穿过前院朝大门走去，一面不断地回头向老友挥手——巴老一直站在门口目送着我们，直到我们恋恋不舍地迈出大门。

汽车沿着沪西绿荫笼罩的柏油马路驰回宾馆。我一路都在想：巴老毕生执着地追求光明，忠实于人类。他的作品影响了几代青年，他的高尚品格与情操，是我们仰慕的楷模。

1990 年 10 月 15 日